U0123997

張光賓

九十歲後書畫展

向晚遣興書畫情

Liu Fang-ju 990224

2010.2.9（二）～**3.7**（日）

開幕式：**2010.2.9**（二）Pm3:00

國立國父紀念館 中山國家畫廊

主辦單位：國立國父紀念館

Growing Old Delightfully with Painting and Calligraphy

Selected Works by Chang Kuang-Bin after Age 90

目 次

圖錄

館長序 Foreword

書法是藝術世界中，純粹由線條、線條架構、單色濃淡所構成的視覺藝術；除了文字傳達的實用性外，更發展出各種不同的書體，豐富書藝的內涵，是中華文化所獨具的特色，傳承綿延而不絕，此乃中華民族最寶貴之文化資產。而此項藝術又因歷代書家大師筆耕不輟，致使書法藝術迭創高峰、歷久彌新。若推當今臺灣書壇大師，自以張教授光賓為翹楚，其以耄耋之齡，勤於創作，累積70年墨池功夫的歷練與沉澱，旺盛的藝術創造力，從心所欲，意率興隨，為書藝之傳承再創新猷。

綜觀張教授之作品溫厚質樸，繪畫表現早期從師門中習得筆墨技巧，隨著閱歷增廣，加上久浸歷代畫史及文人筆墨，近期作品以墨點鋪成，山水風格能以樸代秀，平中見奇，更顯渾厚華滋。其書法堪稱一絕，字態楷隸合一，結體雍容大方，筆力雄強；草書創作則企圖由明、清上溯晉、唐，近年來又加入幾分八大筆意，技法精純，律動飄逸。再者其學識淵博，更通達於文史之研究，除了著作等身外，所編寫之「中華書法史」，上自商殷、下至民國，縱橫數千年的大作，為書法藝術留下最珍貴之學術研究書籍。

光老在書畫藝術之卓然成就外，更致力書藝之推廣及獎掖後進，先後捐助中國書法學會、中華書道學會及臺北藝術大學作為藝術推廣基金，以翰墨來推動文化藝術。另去(2008)年88水災後，本館辦理藝術義賣賑災時，張教授在最短時間即提供大幅作品響應；據悉，張教授經常慨捐個人作品參與各類義賣活動，這種熱心公益、奉獻博愛的精神，令人十分感佩。

光老之事蹟及成就，足堪典範，故國父紀念館特別邀請張教授提供其九十歲後六年近作，名為《向晚逸興書畫情——張光賓九十歲後書畫展》，大件聯屏作品展現氣勢與魄力，小幅冊頁精品薈萃巧思與逸趣；其中最引人注目的二十聯屏山水作品中，可見乾筆焦墨一路點寫，「焦、墨、排、點、皴」的筆法，讓黑山白水層次分明、壯麗開闊，近看滿眼是焦墨渴筆點出密密麻麻的墨點，遠看則呈現壁壘分明的遠近層次，既真實又寫意的山川風貌躍然紙上。展期正值庚寅新春，希望各界方家大雅蒞臨觀賞，共襄盛舉。

鄭乃文 謹識 2010年1月

The calligraphy which is Chinese most precious culture property presents a kind of visual art composing of line, frame and monocolor. Except the usability of character, it is furthermore developed many different kinds of writing styles to enrich the unique art to pass on descendants. Through historical calligraphy maestros' efforts, calligraphy art is continuous breakthrough to create the new phase. Nowadays in Taiwan, a representative maestro of calligraphy is the Professor Chang Kuang-Bin with 70 years experience and active creation in calligraphy section.

Professor Chang' artworks present good-natured and modest. In early age, he learned the calligraphy technique from excellent teachers, gradually accumulated relative experiences and influenced historical literate paintings. Recently Professor Chang paves paintings by "ink dot"; his landscape paintings reveal humble, extraordinary and powerful style. Moreover Professor Chang is also one of the best calligraphers, his writing combining with clerical and regular script; his structure expressing grace and dignified; his strength being powerful and tough. Especially his cursive writings types contain Tang Dynasty to Chin Dynasty which technique is pure and the rhythm is elegant. Professor Chang studies hard and edits *The History of Chinese Calligraphy* which is which covers 2000 years history including Shang Dynasty to modern Republic is the most precious academic volume.

Professor Chang not only achieves his outstanding accomplishment but also devoted to promote the later age and donate many organizations (China Calligraphy Association and Chinese Calligraphy Society) as fund for advancing art culture. Last year Memorial Hall held charity bazaar for "88 floods" and Professor Chang soon offered many larger artworks for the activities; not only that, Professor Chang often contributes his artworks in various of bazaars. We all admire his warm-hart on public warfare and universal love for donation.

Professor Chang's achievement is so called the model of common people. Therefore National Dr. Sun Yat-sen Memorial Hall especially invites Professor Chang to display his exquisite works after 90 years old, named "Growing Old Delightfully with Painting and Calligraphy". In the exhibition, larger joint screens present Imposing manner and boldness; the small fine works present ingenious concept and leisure interesting. One of the most impressive artworks is 12 massive landscape paintings which the gradation between black mountains and white water is clarify by using the technique of "char, ink, arrange, dot, wrinkle". Either the real or the imaginative scenery appears gloriously on the paper no matter looking from far or nearly. It happen to meet Chinese lunar new year, we sincerely invite you to visit appreciating the great exhibition.

Cheng Nai-Wen

Director-general
Chen Nai-wen
National Dr. Sun Yat-sen Memorial Hall

胸中點點丘壑 —— 略論張光賓先生的書畫

王嘉驥

「近視之，幾不類物象；遠觀則景物粲然，幽情遠思，如睹異境。」——沈括（約1031-1095）《夢溪筆談》卷十七〈書畫〉

晚近在接受國立歷史博物館「口述歷史」計畫的訪談時，張光賓先生針對自己繪畫的「山水皴法」，提出了早、中、晚期三階段發展之說。這三個階段以他自55歲（1969年）轉職進入國立故宮博物院服務作為大概的起點。從1969年到1996年期間，他主要師承早年的啓蒙業師傅抱石（1904-1965）與李可染（1907-1989）二位先生的筆法。據張光賓先生的描述，他此一時期的「山水畫法以直爽的線條為基礎，先勾畫出山形石塊的輪廓線，再用淡墨分出陰陽，皴法以披麻皴居多，而頑點較少，畫法似亂不亂，亂中有理為合宜，有時並著色彩。」[1]

張光賓先生強調繪畫線條的重要性，也可以由他發表於1978年的一篇〈中國繪畫線條的發展〉專文看出。[2] 在文章當中，他探討了「中國繪畫與書法同一源流」的概念，認為「草書與楷書的筆法，都直接或間接影響到繪畫線條的發展」，並將中國早期畫論所說的「用筆」理解為一種對於「線條」的重視。[3] 及至五代以後，山水畫成為中國繪畫的主流，皴法更是其核心的形式要素。張光賓先生認為，「構成山水畫最基本要素之皴法——也即是線條」。[4] 而元代以降，帶有篆籀書法筆意的線條更在文人士大夫的提倡之下，成為繪畫表現的新動力，且影響深遠。[5] 一般都認為，首先在論述上提出將書法風格應用於繪畫的創作者，應是元初的趙孟頫（1254-1322）。他曾經寫道：「石如飛白木如籀，寫竹還應八分通。若也有人能會此，須知書畫本來同。」[6] 到了晚明時期，董其昌（1555-1636）也曾主張「士人作畫，當以草隸奇字之法為之」，大體上延續的還是元代趙孟頫的創見。[7] 元明兩代以書法入畫的觀點，發展到清代後期，更出現「碑學大興，而影響於繪畫者」。[8] 張光賓先生進一步指出，清末金石派畫家以「篆籀筆法寫貌花卉樹石，使線的發展，不僅有時間速度，空間面積，更因筆墨熔鑄成熟，使每一獨立的線條，即具有生動的意象和實質的感覺。」[9] 在他看來，中國繪畫線條的演變無疑是一部書法持續與繪畫對話，以及最終融入繪畫內裡的感性審美歷史。

實際從張光賓先生早期的山水作品來看，如同他自己所言，以線條作為皴法的形式基礎，主要的確是為了營造「山形石塊的輪廓線」。更具體地說，撇開線條自身的審美趣味之外，張光賓先生畫中的線條仍然具有明顯的具象（figurative）機能。他試圖在「再現」（representation）的基礎上，營造具有個性的「表現主義」筆墨風格。此一創作思惟，大抵繼承元代以降的文人繪畫理想。就形式而論，張光賓先生此一時期的創作也帶有濃厚的尊古氣息。一方面，他自覺地繼承傅抱石先生暈染設色的風格。另一方面，他也向古人學習；在題材、構圖和筆墨方面，以畫史為師。從美感的特色來看，張光賓先生此時的作品表現出古意與秀潤雙線並行的趣味，同時蘊含著一股內斂自持的生命氣質，宛若他一生知足無爭的具體展現。

平行於繪畫的發展，書法似乎更是張光賓先生長年以來的日行功課。從青年時期的戎旅生活開始，他已將書法的練習融入公職文書之中。[10] 據他自言，「我的書學經驗是自學而來的。」最初主要臨摹魏隸，後來改寫漢隸。[11] 對於字形的表現，他有意結合楷體與隸體。直到1987年，他從故宮博物院退休之後，更專意於草書的表現。同時，他也有意

1. 國立歷史博物館編輯委員會編輯，《張光賓：筆華墨雨》（臺北：國立歷史博物館，2007），頁112。
2. 張光賓，〈中國繪畫線條的發展〉，收錄於《讀書說畫：臺北故宮行走二十年》（臺北：麗山寓廬，2008），頁191-97。
3. 同上註，頁193。
4. 同上註，頁196。
5. 同上註。
6. 引文參見俞崑（俞劍華）編著，《中國畫論類編》（臺北：華正書局，1977），頁1063。
7. 語出董其昌，〈畫旨〉，收錄於于安瀾編，《畫論叢刊》上冊（臺北：華正書局，1984），頁73。
8. 張光賓，〈中國繪畫線條的發展〉，頁197。
9. 同上註。
10. 《張光賓：筆華墨雨》，頁51。
11. 同上註，頁89。
12. 同上註，頁89、103。引文中的「八大」，指的是明末清初的書畫家八大山人（即朱耷，1626-1705）。
13. 有關八大山人的書畫作品，參見《藝苑掇英》第17期（7/1982）與19期（1/1983）（上海：上海人民美術

從明代書法上溯晉、唐兩代，「近來又加入八大筆意」，嘗試「使線條得以飄逸、律動，蘊含高古氛圍。」[12] 若以方圓結構的相對性來看，張光賓先生的楷書風格，展現了一種在方形框架中帶著圓筆的結體；相對地，他的草書則純以圓融見長，注重中鋒用筆的線條綿延感。圓形的運筆當中，有時墨濃筆潤；有時則筆渴墨焦，並任其自然飛白。相形於八大山人（1626-1705）的用筆圓中度方，且時有超逸於間架以外的奇特瀟脫與峭拔銳利，張光賓先生的筆鋒與結體則顯得嚴謹內聚，恪守格律，並以古意為專，而較罕見突然意外之舉。[13]

1997年之後，張光賓先生發展出他自己所稱的「焦墨散點皴」，並進入他個人山水繪畫創作的中期。據他所言，他從此時「開始凸顯墨趣，用散點堆疊山巖巒層」，意圖透過皴法的開拓，走向「以古為新」的道路。[14] 值得注意的是，根據張光賓先生的說法，他在稍早的1995年，已逐漸不在畫上設色，也是為了使「墨趣」的美感更為聚焦。[15] 他稱呼此一做法是「以點代皴」。於是，焦墨渴筆在紙上點描皴擦所留下的痕跡，成為映入觀畫者視網膜的第一印象。似乎也可看出，在發展以點代皴的風格之初，張光賓先生也曾經嘗試在畫面不同的乾溼層次當中，植被各種不同輕重、方向、濃淡與疏密的墨點。不過，這些墨點最終仍是作為形塑山石量體的肌理之用，其具象或再現的機能依然鮮明。[16]

令人意外的是，就在剔除色彩，回歸單色水墨自身所蘊含的五彩層次之後，墨點的鋪陳反倒強化了光線的對比性，明暗的反差形成一種全新的效果。儘管畫中的山水佈局格式仍然寄託於傳統之中，張光賓先生的點描技法卻也在滿佈畫面的同時，為山水的形象賦予了一股強烈的視

草書王瀞〈次北固山下〉
137.5×35cm 2007

社編輯出版）；亦可參考Wang Fangyu, Richard M. Barnhart and Judith G. Smith eds. *Master of the Lotus Garden: The Life and Art of Bada Shanren (1626-1705)* (New Haven: Yale University Art Gallery, 1990).

14.《張光賓：筆華墨雨》，頁112。

15. 同上註，頁110。事實上，張光賓先生並未眞正放棄在畫上設色；從1995年至2002年爲止，他仍有許多敷彩設色的山水畫作。這類作品，可參閱國立歷史博物館編輯委員會編，《筆華墨雨：張光賓教授九十回顧展》（臺北：歷史博物館，2004），頁123, 125, 130, 135, 138, 143。

16. 譬如：2000年的《黑山白水》，參閱《筆華墨雨：張光賓教授九十回顧展》（臺北：歷史博物館，2004），頁131。

覺抽象性，逼使觀者直視，而難以迴避。

已故的藝術史學者李霖燦先生（1913-1999）曾經針對中國山水畫的皴法與苔點做過系統性的研究。[17] 據他指出，「山水畫的皴法原自對大自然山石陵谷的直接體會」，與地質學有所關聯。[18] 簡單地說，「皴法」作為一種筆墨結構和技法，其作用主要是為了再現「山石紋理」。[19] 而「點」作為山水畫的基本造型元素，除了表現為皴法之外，也見於苔點。在皴法方面，北宋末期韓拙（約活躍於1095-1125）所著《山水純全集》（序文紀年1121）中，曾經提及「點錯皴」的技法。[20] 若照李霖燦先生的推測，范寬《谿山行旅》鉅作中所見的「雨點皴」與「點錯皴」雖命名不同，但應屬同一技法之表現。再者，傳為董源（約卒於962年）首創的「點子皴」，以及因米芾（1051-1107）與米友仁（1074-1153）父子而得名的「米點皴」，也在風格上同屬一脈，尤其都是用來再現江南地區大氣氤氳，雲煙繚繞的山川景致。由此可見，傳統山水以點描作為一種皴法結構，其主要目的如果不是為了再現山石的質理，也是為了描述大氣氛圍所致的視覺效果。

同樣根據李霖燦先生的觀察，苔點蔚為明顯的技法表現，應始於南宋末期，主要位於山石邊上，尤其見於馬、夏一派的院畫山水。[21] 然而，相較於皴法主要服膺於山水的外表形貌，南宋以降的畫家對於苔點的運

洞天福地 60×180cm 2004

17. 李霖燦，《山水畫皴法、苔點之研究》三版（臺北：國立故宮博物院，1981）。
18. 同上註，頁12。
19. 同上註，頁2。
20. 韓拙，《山水純全集》，收錄於《中國畫論類編》，俞崑（俞劍華）編著，頁667。
21.李霖燦，《山水畫皴法、苔點之研究》三版，頁39-40。

用，似乎顯得寫意且率性許多。李霖燦先生指出，元初趙孟頫畫中的苔點已有書法的筆意；黃公望（1296-1354）《富春山居》卷末釣臺一段所見的苔點，也頗見恣意淋漓的墨韻；到了明代的沈周（1427-1509），則是師法元人吳鎮（1280-1354），其苔點技法更進一步「由寫實而進步到了筆墨」。[22] 李霖燦先生認為，「中國山水畫上的苔點技法，其發展是由寫實而趨寫意。」換句話說，苔點技法從原初的再現意圖，逐步發展為別具抽象趣味的「非草非木亦草亦木」的點畫構成。[23] 尤其是，點苔的工作一般都是在畫面形象的輪廓底定之後，才會加以運用。基於這樣的緣故，點苔明顯有助於提升畫面整體審美的作用。相形之下，苔點的抽象特質、表現性，乃至於自由度，明顯勝過皴法。

張光賓先生雖用「以點代皴」形容自己的山水技法，實際上仍以「焦墨散點皴」命名之。這意味著他在根柢上仍然認為，皴法還是構成山水繪畫的核心要素。「點」作為一種造形的原型，本身是純粹抽象的。皴法則是構形的法式，而且涉及形象再現的描述。無論由點或線條所構成，皴法也都因為服膺於山水的意象及其形貌，最終仍須收攏在具象的範疇之內。中國山水繪畫的美學至少從五代畫家荊浩（活躍於9世紀末與10世紀初）開始，已確立「筆墨」的審美意識，試圖將筆墨與景物的構形視為並行不悖且相輔相成的形式元素。[24] 同時，荊浩更將「似」與「真」對立起來，指出「似者得其形遺其氣，真者氣質俱盛。」[25] 也就是說，筆墨既寫外表的形似，更須捕捉物象的真實本質。如此，確立了筆墨除了為「再現」服務，仍有超於象外的美學可能。到了元代以後，筆墨經過文人畫家的推舉，將書法運筆運墨的觀念融入繪畫，更進一步提升了筆墨的精神性。

大漠荒原 150×144cm 2009

與其說張光賓先生是「以點代皴」，不如更直接地說是「以點為皴」，而且，他的墨點應該更具體地說是皴法與苔點的綜合體。在創作的意識上，他仍然謹守傳統山水的基本形式。在畫幅的選擇上，多數仍以長方形的格局為主，有的發展為垂直立軸，有的則是橫向長卷。1997

22. 同上註，頁40-41。
23. 同上註，頁42-43。
24. 荊浩在其〈筆法記〉畫論當中，已指出：「夫畫有六要：一曰氣，二曰韻，三曰思，四曰景，五曰筆，六曰墨。」荊浩，〈筆法記〉，收錄於《中國畫論類編》，俞崑（俞劍華）編著，頁605。
25. 同上註。

年之後，他也嘗試使用傳統繪畫較不常見的尺幅，譬如正方形，或是寬高比例甚為極端的狹長條幅，類比於橫向的手卷格式轉成直式的表現。最值得注意的是，自2000年之來，張光賓先生大量運用連作的概念，將狹長條幅發展為連屏的做法，動輒十二連屏或甚至二十連屏，展現了山高水長的壯麗氣勢。就山水的表形來看，張光賓先生始終賡續傳統，與傳統對話。無論是層巖疊嶂，峻嶺飛瀑，或是重巒疊翠，都是他最常見的山水結構。在人文情境的營造上，山居會友、林泉高隱，或是結廬谿山的主題也沒有例外地呼應傳統文人畫的意境。整體而言，透過山水造景，張光賓先生明顯展現了一種與世無爭的以書畫為樂之志。

儘管以「墨戲」自謙自許，張光賓先生仍有極高的意識，企圖在古意中發展新的筆墨格律。[26] 撇開再現的框架不論，「焦墨散點皴」作為一種運筆用墨的技法，本身具有高度抽象的感性況味。除了將山水視為自然的象徵，張光賓先生以焦墨營造的散點在佈滿畫面的同時，不但展現了營造新視覺的創作自覺，也體現了一種胸中自然。而這裡的「胸中自然」，指的是畫家以中得心源的抽象審美，透過介於意識與無意識之間的心手傳會，所點化而成的天真流露。

2005年之後，91歲高齡的張光賓先生持續其創作意志，再度發展出「焦墨排點皴」。他將稍早的散點分布轉為「線條型式的排點皴」，其用意是為了「營造山水畫面的厚實堆疊之感。」[27] 張光賓先生以中國繪畫傳統講究「精進」更甚於西方繪畫崇信「創新」之說，明確將個人創作的演變理解為「在傳統的基礎之上」的「繼承」——亦即「自我精進的表現」。[28] 比對「排點」和「散點」，排點的視覺表現性，乃至於抽象的構成特質，無疑更上一層樓。同時，筆墨的書法性也更強，尤其帶有金石篆隸的厚重感。如前已述，散點皴的技法明顯結合傳統皴法和苔點的形象概念，因此，仍帶有描述性。排點皴則是強化墨點的排列，使之系統化，形成更具秩序性的形式母題，並帶著一定程度的均質性。儘管山水的輪廓線條仍在，山岩石塊的量體卻因排點皴的格式化，而變得扁平。再者，排點皴的筆法也給人一種版畫上常見的影線砍斫效果——不僅明暗的反差大，畫面的戲劇對比也強。

對比之下，前一階段由散點皴所構成的山水結構，無疑較具再現特色。除了山水樹石蘊含濃厚的大氣與溼度，林木草色也蓊鬱華滋，且更具層次與深淺。如今，山水經由排點皴的重新排列，筆墨的構成變得更為抽象而直接。厚實而規律的筆墨並未增添山石量體的渾厚或重量感，反而是強化了畫面的幾何性，迫使原本「再現」所要求的自然主義退位。換言之，排點皴因為個性強烈，且筆墨分明，強化了作品的樸質

26. 張光賓先生以「墨戲」二字所寫的書法，參見張光賓，《張光賓書畫集》（臺北：蕙風堂，2003），頁7。
27.《張光賓：筆華墨雨》，頁113。
28. 同上註。

墨梅圖 21×532cm 2003

感。古意也因為筆墨自身的書法性，而更加凸顯。不但如此，排點皴所構成的畫面還呈現出如拓本一般的圖案感。之前因大氣感所形成的遠近、深淺、乾溼的氛圍，均黯然退位。

從相對的客觀再現到主觀表現，這是一個形式純化，也是簡化的過程。藉此，繪畫的視覺強度變得更為專一，也更為凝鍊，但也必然地更為抽象。不但如此，此一發展過程，也見證了藝術家透過書法性的筆墨，持續顯露並強化源於內在的視域。當山水的繪寫不再需要擔負再現外在世界的機能時，蘊藏在藝術家內裡的主體意識，乃至於主體性，自然而然地也呼之欲出，進而躍然紙上。雖然如此，張光賓先生的山水畫作大多堅守傳統的格法。無論他的筆墨如何強烈表現，卻始終堅持山水形象的基本輪廓。反倒是他所畫的墨梅，似乎更能擺脫花樹的形貌羈限，在造物者所制定的生長法則之外，另塑藝術家個人之形，以奇為安，使繪畫的精神性解放，筆墨得以自由。[29] 隨著筆墨的解放，梅樹的老幹新枝轉變成為直覺的觀念書寫。即使是梅花的花苞，以及綻放的花瓣，也能發展為半抽象或更抽象的點線面構成。至於構圖，更會因為畫面已無再現的包袱，而任憑畫家的自由心證與主觀意志，自行加以造化。引申論之，張光賓先生所自詡的「任自然」，或許也能以這種莊子式的形似遺忘或形體超越，作為想像力與精神解放的起點。[30]

張光賓先生數十年來的書畫演繹，使我們得以觀摩其創作意識的形成與發展。儘管高齡九六，張光賓先生從未停止精進。他的筆墨雖老，畫面的構成或仍傳統，然而，其創新的意志與學習的態度，卻始終不老、熾熱，且從未止歇。也許我們無法藉由他的書畫歷程，探知水墨藝術的未來，至少我們應該已經清楚認知，書畫藝術的未來不能止於傳統之內。面對古、今與未來，張光賓先生雖謙遜自許「以古為今」，實際上卻不餒於研創書畫表現的新天地。

在他自言的「自然而然」與「不斷精進」之間，不難看出張光賓先生骨子裡仍是以文人畫的「墨戲」精神與美學作為依歸。[31] 他的書畫接踵傳統，念念不忘自傳統中探尋新徑，更期勉後續有人，繼創書畫傳統的明日未來。就歷史的位置來看，張光賓先生明顯是一位守成待創的賡續者。

29. 譬如：紀年2003年的墨梅長卷，圖版參見張光賓，《筆華墨雨：張光賓教授九十回顧展》，頁168-171。
30.「任自然」經常見於張光賓先生的書法與鈐印當中，猶如其座右銘一般。參閱《臺灣名家美術——張光賓》（臺北：香柏園文化科技股份有限公司，2009），頁44；張光賓，《張光賓書畫集》，頁108-111。
31. 同上註。

畫

玉山頌
288×150cm 2007
山水中堂

澤國茆亭
178×48cm 2006
山水條幅

百折千疇
178×48cm 2006
山水條幅

列嶼漁庄
178×48cm 2006
山水條幅

親水人家
178×48cm 2007
山水條幅

寒山流泉
178×48cm 2007
山水條幅

雲深人家
178×48cm 2007
山水條幅

廬山飛瀑
178×48cm 2007
山水條幅

石牛洞泉穴
178×48cm 2007
山水條幅

雲深人家
廬山飛瀑

高山流泉
178×48cm 2007
山水條幅

高山流泉 局部

遠浦南軒
178×48cm 2006
山水條幅

雙松老屋
178×48cm 2006
山水條幅

築室靈巖
178×48cm 2006
山水條幅

平野漁磯
178×48cm 2006
山水條幅

孤亭野水
178×48cm 2006
山水條幅

孤峰鐘聲
178×48cm 2006
山水條幅

青山碧溪
178×48cm 2006
山水條幅

江山無盡 局部

江山無盡

江山無盡
61×82cm 2007
山水冊頁 12開

山水二十條軸
248×61.5cm×20 2009

江山東

谷口舊家
層崖四壁

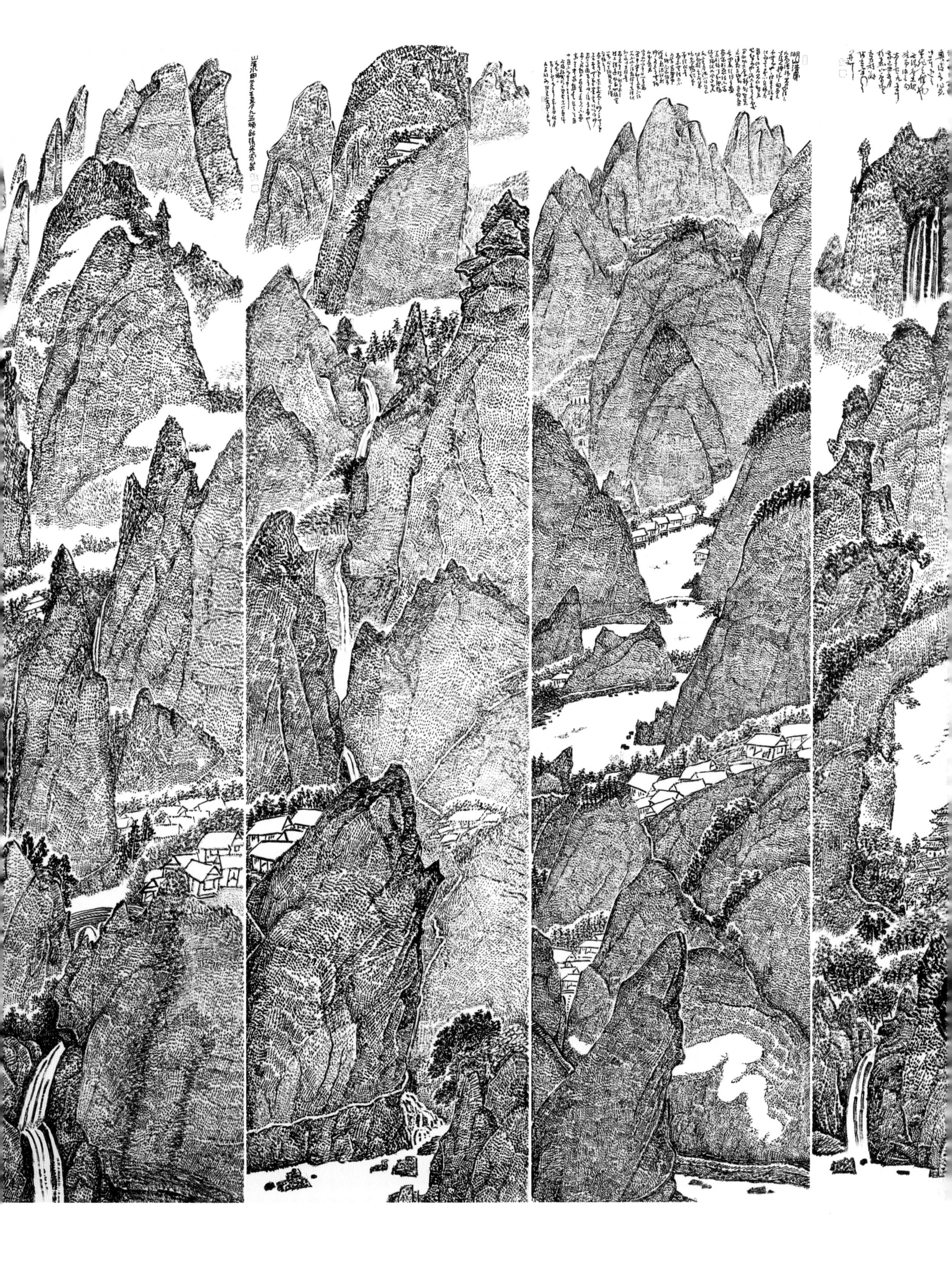

石門古剎

崇山雨霽
石鐘山圖

千巖萬壑
22×558cm 2007
山水卷

千巖萬壑 局部

石頭和尚草庵
180×60cm　2006
山水條幅

玩芳亭
180×60cm　2006
山水條幅

松風閣圖
180×60cm　2006
山水條幅

溪山幽居
180×60cm　2006
山水條幅

文脊奇峰
180×60cm　2006
山水條幅

玩芳亭 局部

支離叟序並詩
180×60cm　2006
山水條幅

醉翁亭記
180×60cm　2006
山水條幅

絕壁峭立
180×60cm　2006
山水條幅

偃松老屋菌閣疊泉
180×60cm　2006
山水條幅

石頭和尚草庵
180×60cm　2006
山水條幅

青山列嶂
180×60cm　2006
山水條幅

岡林重疊
180×60cm　2006
山水條幅

湖山清居
180×60cm　2006
山水條幅

茆屋疎林〈青溪題畫詩〉
180×60cm　2006
山水條幅

雲山煙樹
峰巒幽居
24.2×36.5㎝ 2009
山水雙面冊頁
含引首共16開

峰巒幽居　局部

山靜寄居
180×60cm 2004
山水橫幅

歸田樂
180×60cm 2004
山水橫幅

湖山湧泉
180×60cm 2004
山水橫幅

洞天福地
180×60cm 2004
山水橫幅

湖塘清趣
180×60cm 2004
山水橫幅

衆山泉鳴
180×60cm 2004
山水橫幅

洞天福地

清暉帆影
180×60cm 2004
山水橫幅

古道幽棲
180×60cm 2004
山水橫幅

古道幽栖

溥心畬天目山記

180×60cm 2004

山水橫幅

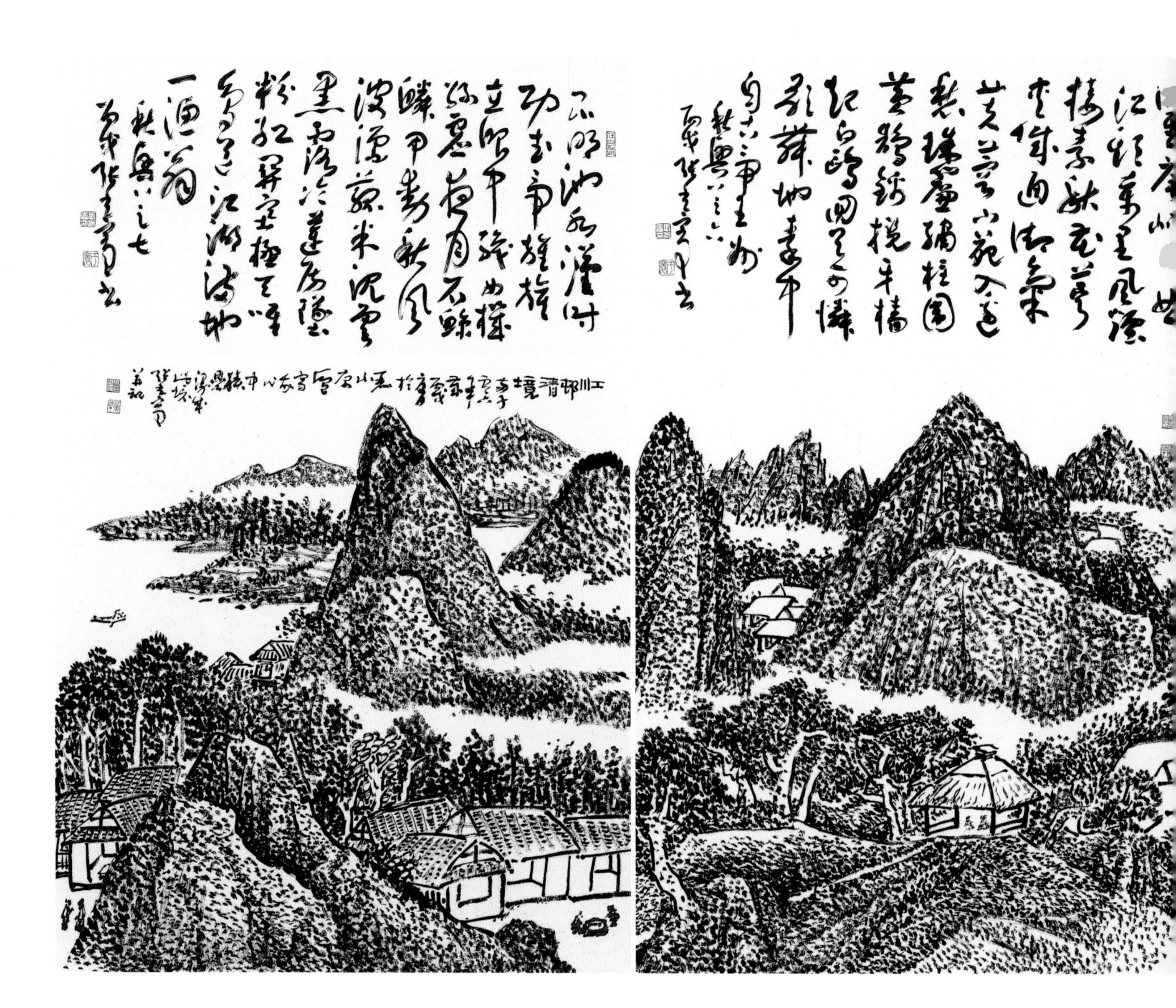

江邨清境
104×68cm 2006
秋興八首山水軸

山家清境
104×68cm 2006
秋興八首山水軸

松溪老屋
104×68cm 2006
秋興八首山水軸

溪澗閣橋
104×68cm 2006
秋興八首山水軸

溪橋林雲
104×68cm 2006
秋興八首山水軸

親水山家
104×68cm 2006
秋興八首山水軸

蕭寺飛瀑
104×68cm 2006
秋興八首山水軸

遠浦餘暉山寺孤渡
104×68cm 2006
秋興八首山水軸

千家山郭靜朝暉日日江樓坐翠微信宿漁人還泛泛清秋燕子故飛飛匡衡抗疏功名薄劉向傳經心事違同學少年多不賤五陵衣馬自輕肥

秋興八之三

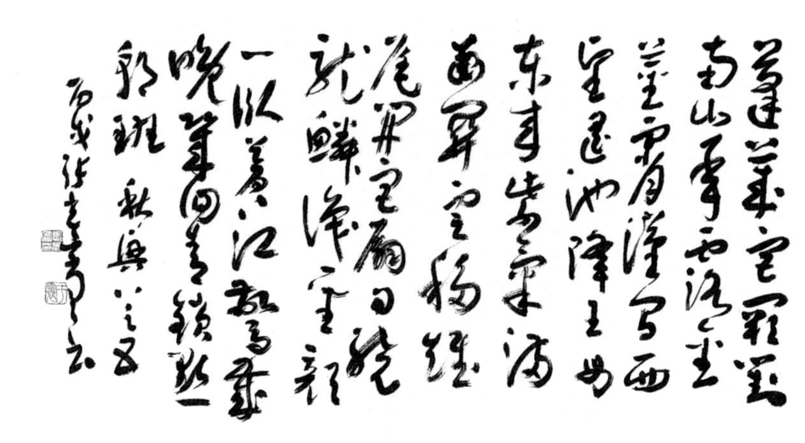

親水山家 局部

空山新雨後
35×138cm 2007
山水橫幅

山深居安
35×138cm 2007
山水横幅

羣山爭暉
35×138cm
山水横幅

層崖邨居
35×138cm 2007
山水横幅

湖上齋居
35×138cm 2007
山水横幅

疊崖村居
湖上齋居

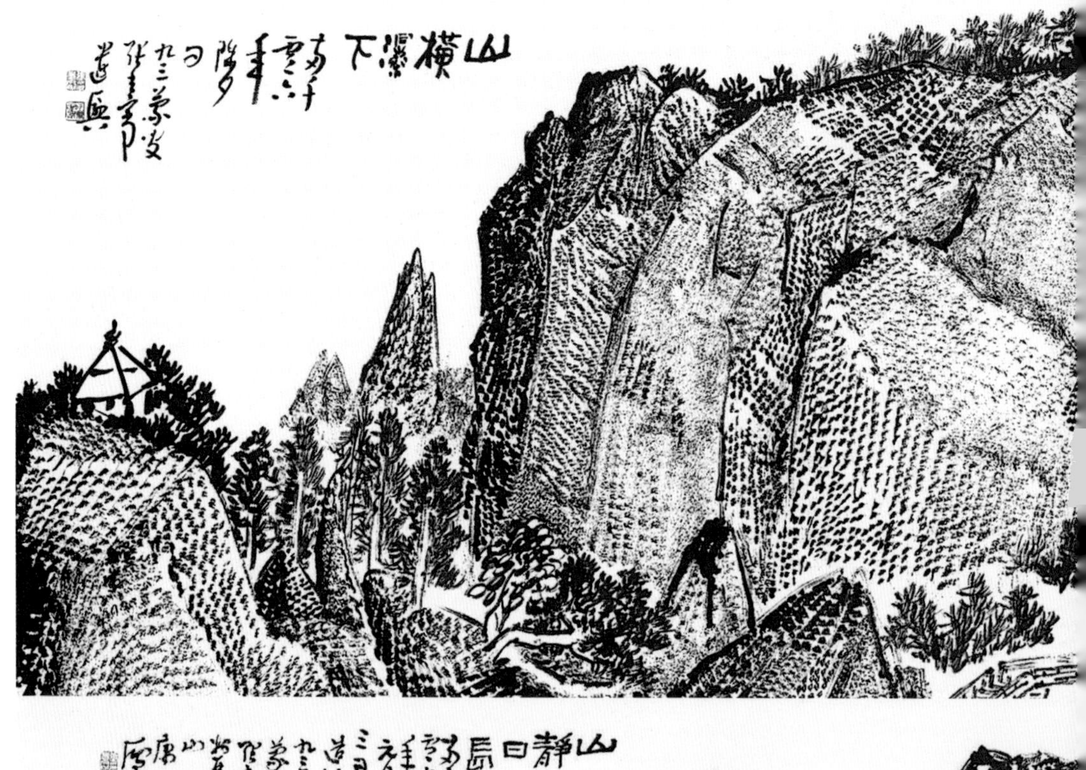

山橫瀑下
35×138cm 2007
山水橫幅

山靜日長
35×138cm 2007
山水橫幅

波平沙渚靜
35×138cm 2007
山水橫幅

湖山清曉
35×138cm 2007
山水橫幅

山環水抱
35×138cm 2007
山水橫幅

山靜泉鳴
96.5×89cm 2009
山水方幅

飛瀑古刹
96.5×89cm 2009
山水方幅

山靜泉鳴
96.5×89cm 2009
山水方幅

巖壑幽居
96.5×89cm 2009
山水方幅

山靜泉鳴

巖壑幽居

雙溪古道
96.5×89cm 2009
山水方幅

幽夢斜川
96.5×89cm 2009
山水方幅

雪堂春曉
96.5×89cm 2009
山水方幅

溪山清遠
96.5×89cm 2009
山水方幅

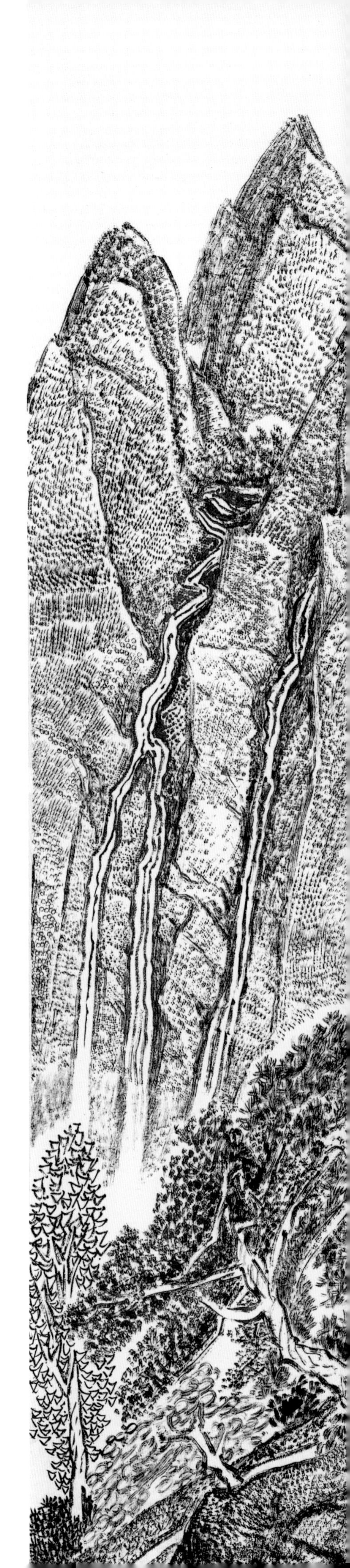

洞天福地
144×150cm 2009
山水方幅

洞天福地

大漠荒原
144×150cm 2009
山水方幅

石頭和尚草庵歌
144×150cm 2009
山水方幅

巖壑幽趣
144×150cm 2009
山水方幅

山居流泉
144×150cm 2009
山水方幅

山居流泉

湖山清遠
76×496cm 2007
山水橫幅

書

東坡樂府〈江城子〉

96.5×89cm 2008

草書斗方

夢中了了醉中醒。只淵明，是前生。走遍人間，依舊卻躬耕。昨夜東坡春雨足，烏鵲喜，報新晴。雪堂西畔暗泉鳴。北山傾，小溪橫。南望亭丘，孤秀聳曾城。都是斜川當日景，吾老矣，寄餘齡。

東坡樂府〈江城子〉

兩千零八年歲戊子冬月九五頑鄙張光賓

夢中了了醉中醒只淵明
是前生走遍人間依舊
卻躬耕昨夜東坡春
雨足烏鵲喜報新晴
雪堂西畔暗泉鳴北山傾
小溪橫南望亭丘孤秀
聳曾城都是斜川當
日景吾老矣寄餘齡

東坡樂府江城子
歲次二千零八年春戊子五月九日祁齋張光賓寫之

萬里家在岷峨百年強半
來日苦無多坐見黃州再
閏兒童盡楚語吳歌山中
友雞豚社酒相勸老東坡
云何當此去人生底事來
往如梭待閒看秋風洛
水清波好在堂前細柳
應念我莫剪柔柯仍傳
語江南父老時與曬漁蓑

東坡樂府詞滿庭芳 元豐七年四月一日余將去黃移汝留別雪堂
鄰里二三君子會仲覺自江東來別余遂書以遺之
[illegible]

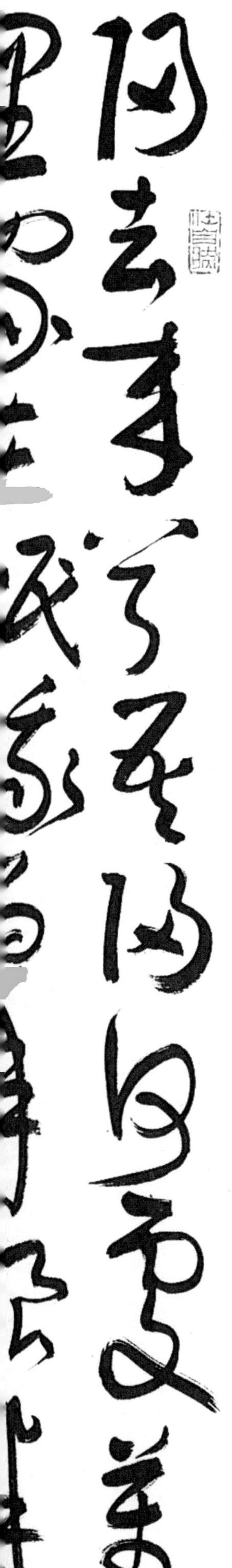

東坡樂府〈滿庭芳〉

96.5×89cm 2008

草書斗方

歸去來兮，吾歸何處，萬里家在岷峨。百年強半，來日苦無多。坐見黃州再閏，兒童盡、楚語吳歌。山中友，雞豚社酒，相勸老東坡。云何。當此去，人生底事，來往如梭。待閒看，秋風洛水清波。好在堂前細柳，應念我、莫翦柔柯。仍傳語，江南父老，時與曬漁蓑。

東坡樂府〈滿庭芳〉元豐七年四月一日，余將去黃移汝，留別雪堂鄰里二三君子，會李仲覽自江東來別，遂書以遺之。

兩千零八年歲戊子冬至後三日九五頑鄙張光賓

江漢西來高樓下蒲萄深碧猶自帶岷峨雪浪錦江春色君是南山遺愛守我為劍外思歸客對此間風物豈無情殷勤說
江表傳君休讀狂處士真堪惜空洲對鸚鵡葦花蕭瑟不獨笑書生爭底事曹公黃祖俱飄忽願使君還賦謫仙詩追黃鶴

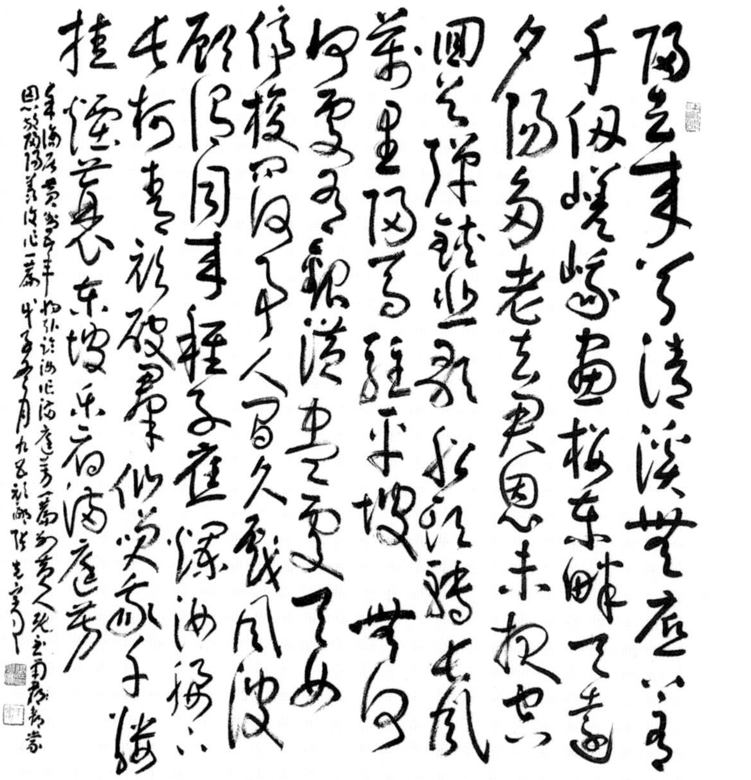

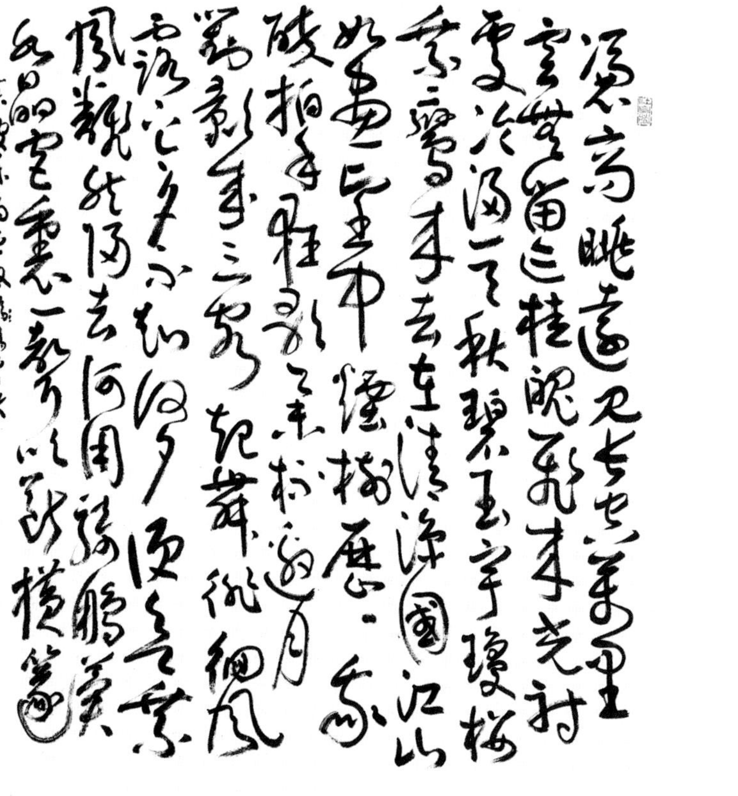

東坡樂府〈滿庭芳〉

96.5×89cm 2008

草書斗方

歸去來兮，清溪無底，上有千仞嵯峨。畫樓西畔，天遠夕陽多。老去君恩未報，空回首，彈鋏悲歌。船頭轉，長風萬里，歸馬住平坡。無何，何處有？銀潢盡處，天女停梭。問何事人間，久戲風波？顧謂同來稚子，應爛汝、腰下長柯。青衫破，群仙笑我，千縷掛煙蓑。

東坡樂府〈滿庭芳〉余謫居黃州五年，將赴臨汝，作〈滿庭芳〉一篇別黃人。既至南都，蒙恩放歸陽羨，復作一篇。

戊子冬月九五頑鄙張光賓

東坡樂府〈念奴嬌・中秋〉

96.5×89cm 2008

草書斗方

憑高眺遠，見長空萬里，雲無留跡。桂魄飛來光射處，冷浸一天秋碧。玉宇瓊樓，乘鸞來去，人在清涼國。江山如畫，望中煙樹歷歷。我醉拍手狂歌，舉懷邀月，對影成三客。起舞徘徊風露下，今夕不知何夕。便欲乘風，翻然歸去，何用騎鵬翼。水晶宮裏，一聲吹斷橫笛。

東坡樂府〈念奴嬌・中秋〉

兩千零八年歲戊子冬至前一日九五頑鄙張光賓

陶淵明〈游斜川〉

96.5×89cm 2008

草書斗方

開歲倏五日，吾生行歸休。念之動中懷，及辰爲茲遊。氣和天惟澄，班坐依遠流；弱湍馳文魴，閑穀矯鳴鷗。迥澤散遊目，緬然睇曾丘；雖微九重秀，顧瞻無匹儔。提壺接賓侶，引滿更獻酬；未知從今去，當複如此不？中觴縱遙情，忘彼千載憂。且極今朝樂，明日非所求。

陶淵明〈游斜川〉戊子冬月九五頑鄙張光賓

東坡樂府〈滿江紅・寄鄂州朱使君壽昌〉

96.5×89cm 2008

草書斗方

江漢西來，高樓下，蒲萄深碧。猶自帶岷峨雲浪，錦江春色。君是南山遺愛守，我爲劍外思歸客。對此間風物豈無情，殷勤說。〈江表傳〉，君休讀。狂處士，眞堪惜。空洲對鸚鵡，葦花蕭瑟。不獨笑書生爭底事，曹公黃祖俱飄忽。願使君還賦謫仙詩，追黃鶴。

東坡樂府〈滿江紅・寄鄂州朱使君壽昌〉

兩千零八年歲戊子冬至後一日九五頑鄙張光賓

東坡樂府〈八聲甘州・寄參寥子〉

96.5×89cm 2008

草書斗方

有情風萬裏卷潮來，無情送潮歸。問錢塘江上，西興浦口，幾度斜暉？不用思量今古，俯仰昔人非。誰似東坡老，白首忘機。記取西湖西畔，正春山好處，空翠煙霏。算詩人相得，如我與君稀。約它年、東還海道，願謝公雅志莫相違。西州路，不應回首，爲我沾衣。

東坡樂府〈八聲甘州・寄參寥子〉

戊子冬月九五頑鄙張光賓

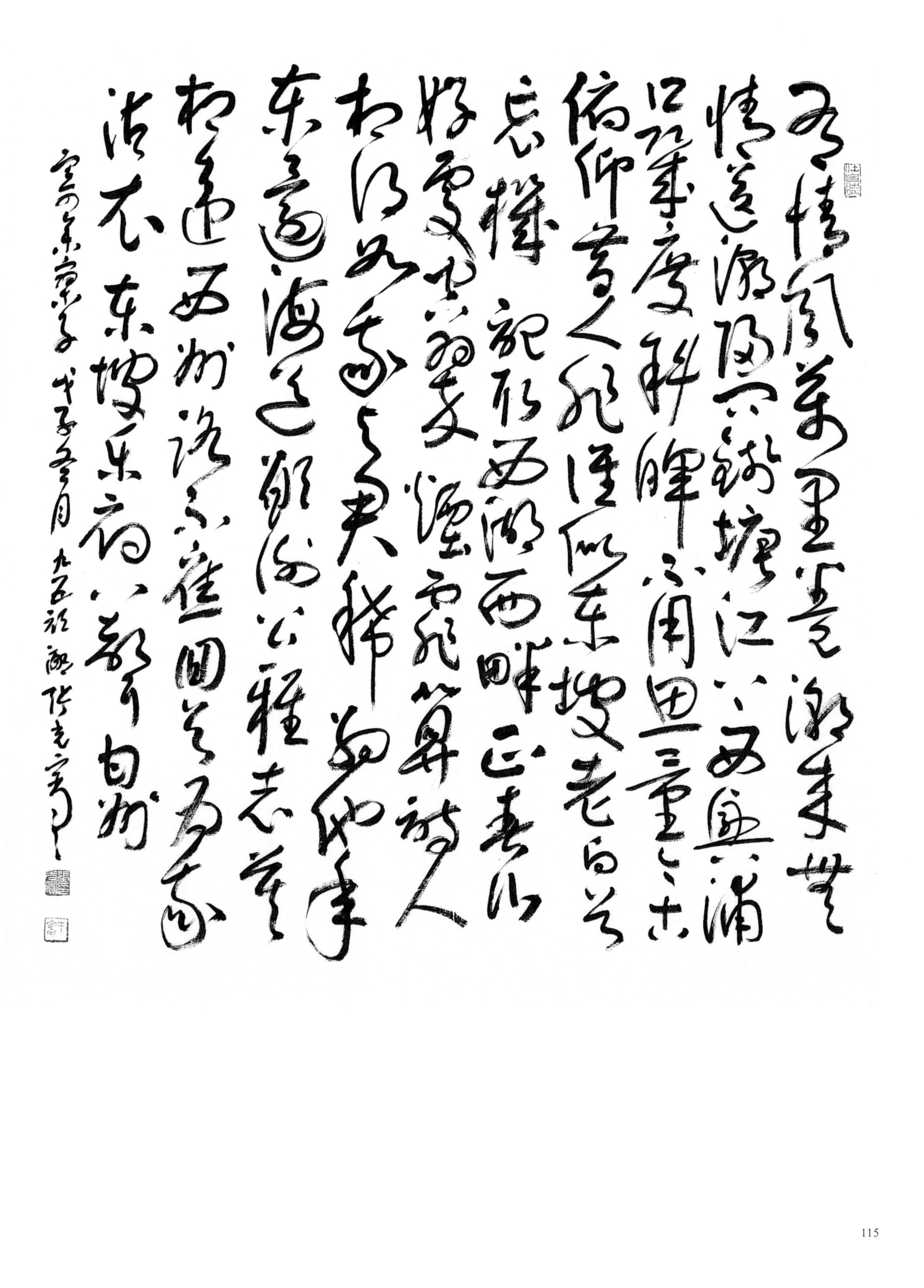

東坡樂府〈念奴嬌．赤壁懷古〉

96.5×89cm 2008

草書斗方

大江東去，浪淘盡，千古風流人物。故壘西邊人道是，三國周郎赤壁。亂石崩雲，驚濤裂岸，捲起千堆雪。江山如畫，一時多少豪傑。遙想公瑾當年，小喬初嫁了，雄姿英發。羽扇綸巾，談笑間，強虜灰飛煙滅。故國神遊，多情應笑我，早生華髮。人間如夢，一尊還酹江月。

東坡樂府〈念奴嬌．赤壁懷古〉戊子冬月九五頑鄙張光賓

大江东去浪淘尽千古风
流人物故垒西边人道是
周郎赤壁乱石崩云惊
涛裂岸卷起千堆雪江山
如画一时多少豪杰遥
想公瑾当年小乔初嫁了
雄姿英发羽扇纶巾谈笑间
樯橹灰飞烟灭故国神

陸沿江多少恨回首滄波如燈
東趨萬里隨流灘頭風雲急
放船放船一聲江風吹蘆花紅白芳景
拚世使風浪萬回時節風棚底
高生說雲中說插山邊落葉紅
雁影和秋浪西東負我回首不知處
語月捫蘿沿澗中萬州西溪邊柳
歸四鄉和淚枝流只是夕陽
記生洞川照月影春遊南浦
春時鬧花桂枝枝迷
江岸十年家堤邊幾處以夜雨詞
陸放翁之詞 丙寅夏月張書於年九十又二

陸游〈三峽歌九首並序〉

178×48cm×8 2006

草書八條幅

乾道庚寅，予始入蜀，上下三峽屢矣。
後二十五年，歸耕山陰。
偶讀梁簡文〈巴東三峽歌〉，感之，擬作九首。
實紹熙甲寅十月二日也。

神女廟前秋月明，黃牛峽裏莫猿聲，
危途性命不容恤，百丈牽船侵夜行。其一
不怕灘如竹節稠，新灘已過可無憂，
古妝峨峨一尺髻，木盎銀盃邀客舟。其二
十二巫山見九峰，船頭彩翠滿秋空，
朝雲莫雨渾虛語，一夜猿啼明月中。其三
錦繡樓前看賣花，麝香山下摘新茶，
長安卿相多憂畏，老向夔州不用嗟。其四
險詐沾沾不媿天，交情回首薄如煙，
東遊萬里雖堪樂，灩澦瞿唐要放船。其五
蠻江水碧瘴花紅，白舫黃旗無便風，
涪萬四時常避水，棚居高出亂雲中。其六
亂插山花簀子紅，蠻歌相和瀼西東，
忽然四散不知處，踏月門蘿歸峒中。其七
萬週溪西花柳多，四鄰相應竹枝歌，
問君今夕不痛飲，奈此滿川明月何。其八
我遊南賓春莫時，蜀船曾繫挂猿枝，
雲迷江岸屈原塔，花落空山夏禹祠。其九

陸放翁三峽歌
丙戌夏月張光賓時年九十又二

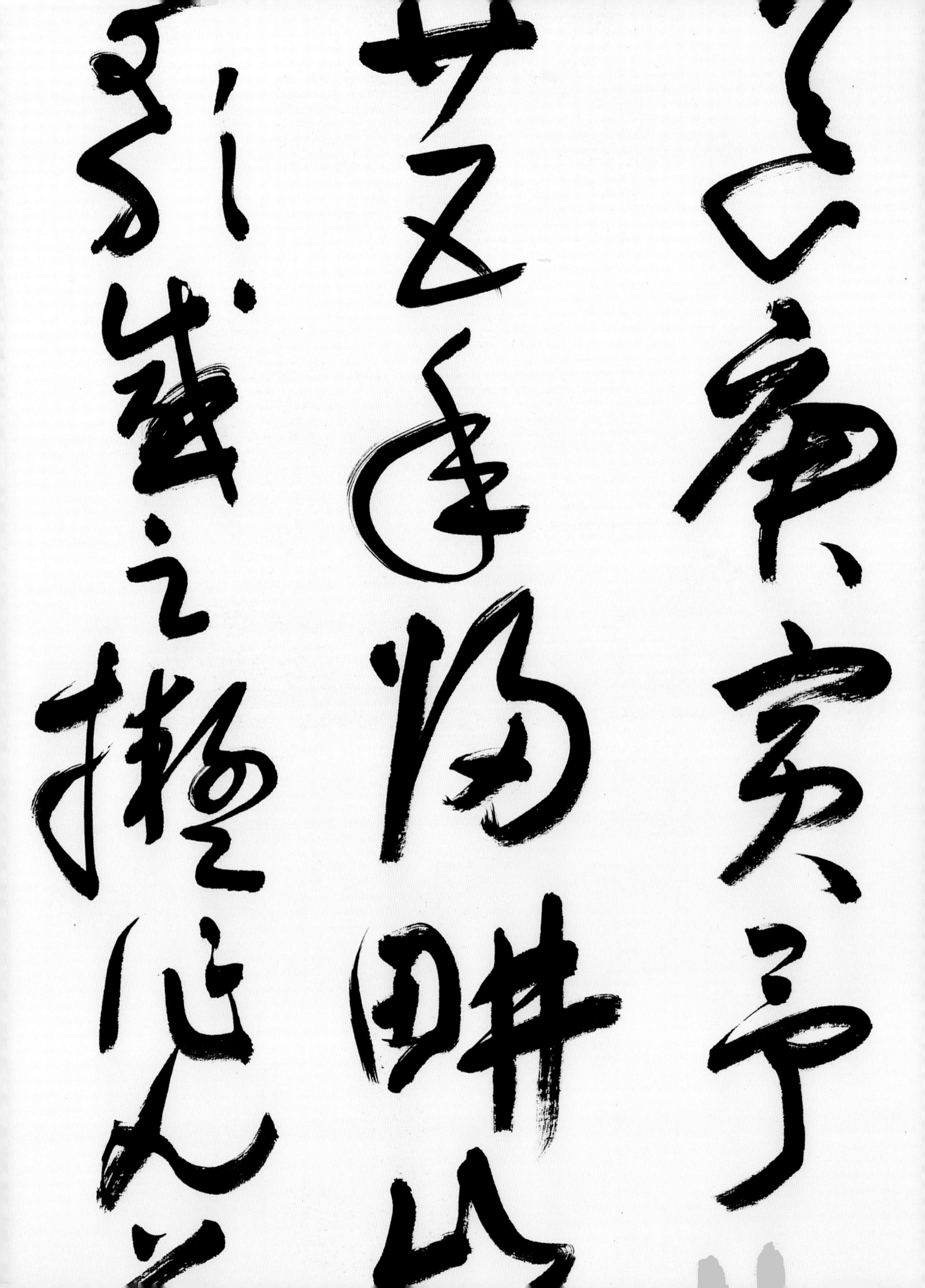

草書 溥儒題畫七絕四首

60×178cm 2004

草書橫幅

柳陰誰繫木蘭橈，遠望長天正落潮，
兩岸霞明沙似雪，蘆花歸鴈雨蕭蕭。
雙峰黛色此中分，叢桂秋風憶隱君，
石上橫琴彈一曲，清聲空駐水邊雲。
連林寒雨落千峰，流水高山碧幾重，
一自采微人去後，片雲終日挂長風。
柳岸東風野色春，行人駐馬濯纓塵，
白雲山下清溪水，解賦滄浪無一人。
心畬溥先生題畫七絕四首
兩千零四年歲甲申秋月
於麗扇寓廬張光賓時年九十

草書 溥儒〈大屯山觀瀑〉
60×178cm 2004
草書橫幅

草書 溥儒南遊集七、五言二首
60×178cm 2004
草書橫幅

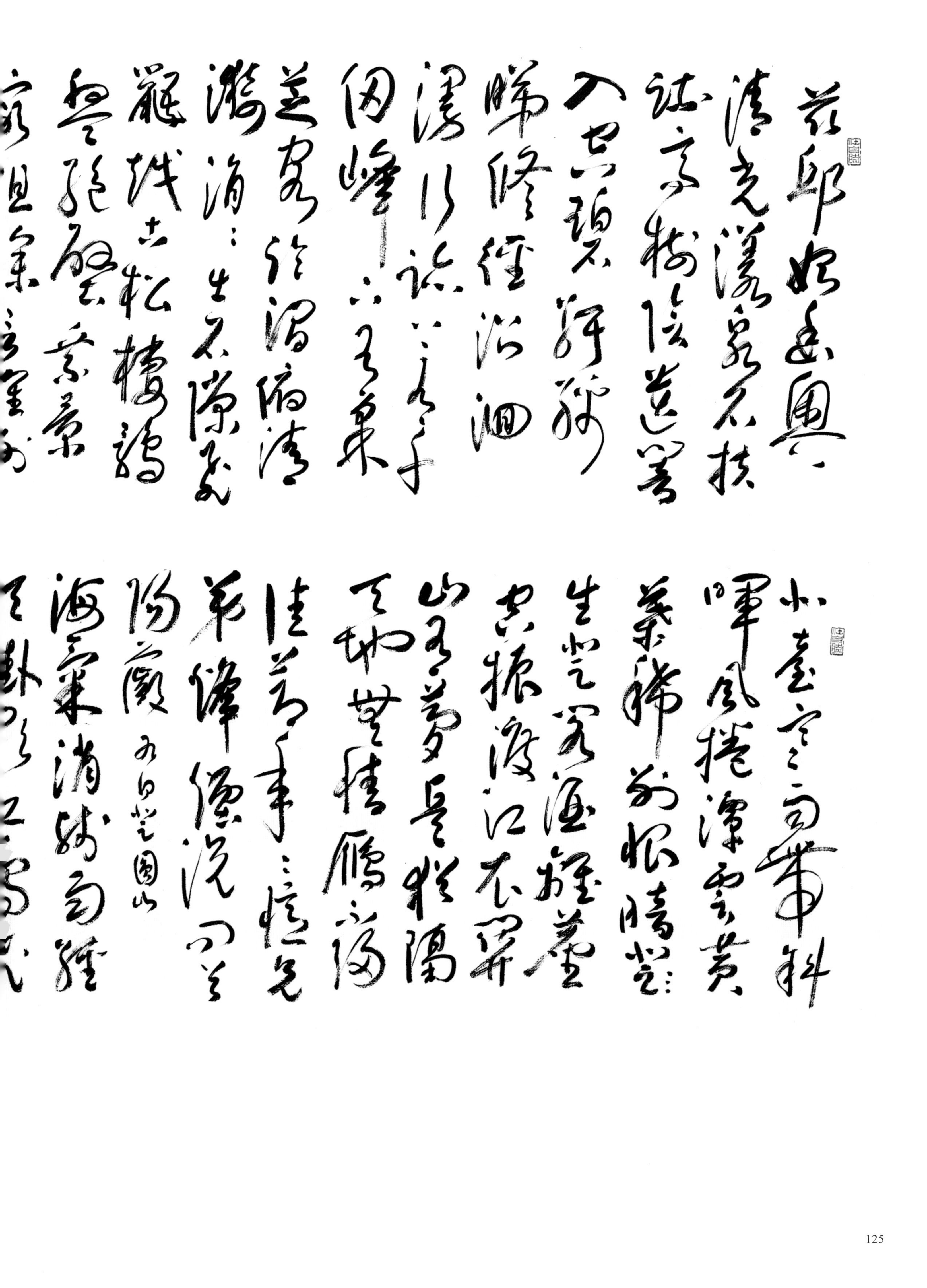

草書　溥儒書贊
60×178cm　2004
草書橫幅

草書　溥儒題畫詩
60×178cm　2004
草書橫幅

草書　溥儒〈海中龜山賦〉
60×178cm　2004
草書橫幅

草書　溥儒南遊集卷二〈重來金瓜石〉〈春暮宿金瓜石山館〉五言兩首
60×178cm　2004
草書橫幅

靈初生成媚比玉
契鳥翔無能乾
鐵兔飛拳李足六
合文出而彩圓
以新蕊為方稱題
樂蘭葉蒼露清
龍鳥隱人清流
氣理股座承伸
經霜深落垂以
雲毛鐘點張筆
杜蘇於抒見情
新鵝叢見四藏
接流枝庭前
春護翻飛鳥飛
子米頭清柳拂出
翠為交拜張之
檢張志数揮刃林
鳳纏紫花輝平
渾千六印寶無雨

[illegible]溥心畬先生[illegible]歲次甲申
中秋月 張[illegible]寫 時年九十

秋光案溪碧雲飛
吾道[illegible]波放鶴
秋芳蒼秋蕭蕭江色
落落[illegible]沙平[illegible]柳[illegible]
[illegible]出沙平[illegible]
[illegible]楓[illegible]
[illegible]
江色[illegible]橋滿水
自生秋[illegible]
[illegible]
面[illegible]畫橋
岸[illegible]柳[illegible]
[illegible]人林際
[illegible]秋[illegible]陽
水[illegible]一行雨
[illegible]峰[illegible]
老樹東[illegible]
小苑[illegible]
[illegible]
[illegible]

溥心畬先生題畫詩
歲次甲申秋月
於慕山齋窗 張[illegible]寫 時年九十

懷海宇之宗都
[illegible]
[illegible]
[illegible]
[illegible]
[illegible]
[illegible]
[illegible]
[illegible]
[illegible]
[illegible]
[illegible]東[illegible]
[illegible]山觀大
[illegible]
來桃溪波以毅
故[illegible]

溥心畬先生海中觀山詩
歲次甲申中秋月於
慕山齋窗 張[illegible]寫 時年九十

峨峨金谷峻
崖[illegible]翠屏山
光千障[illegible]海案
八圓曉月依
林中去潮入煙
來[illegible]
雲[illegible]
夕照[illegible]
[illegible]圖
[illegible]
[illegible]
[illegible]
戲[illegible]
際[illegible]
[illegible]

西山逸士溥心畬先生[illegible]
[illegible]
歲次甲申秋月
於慕山齋窗 張[illegible]寫 [illegible]

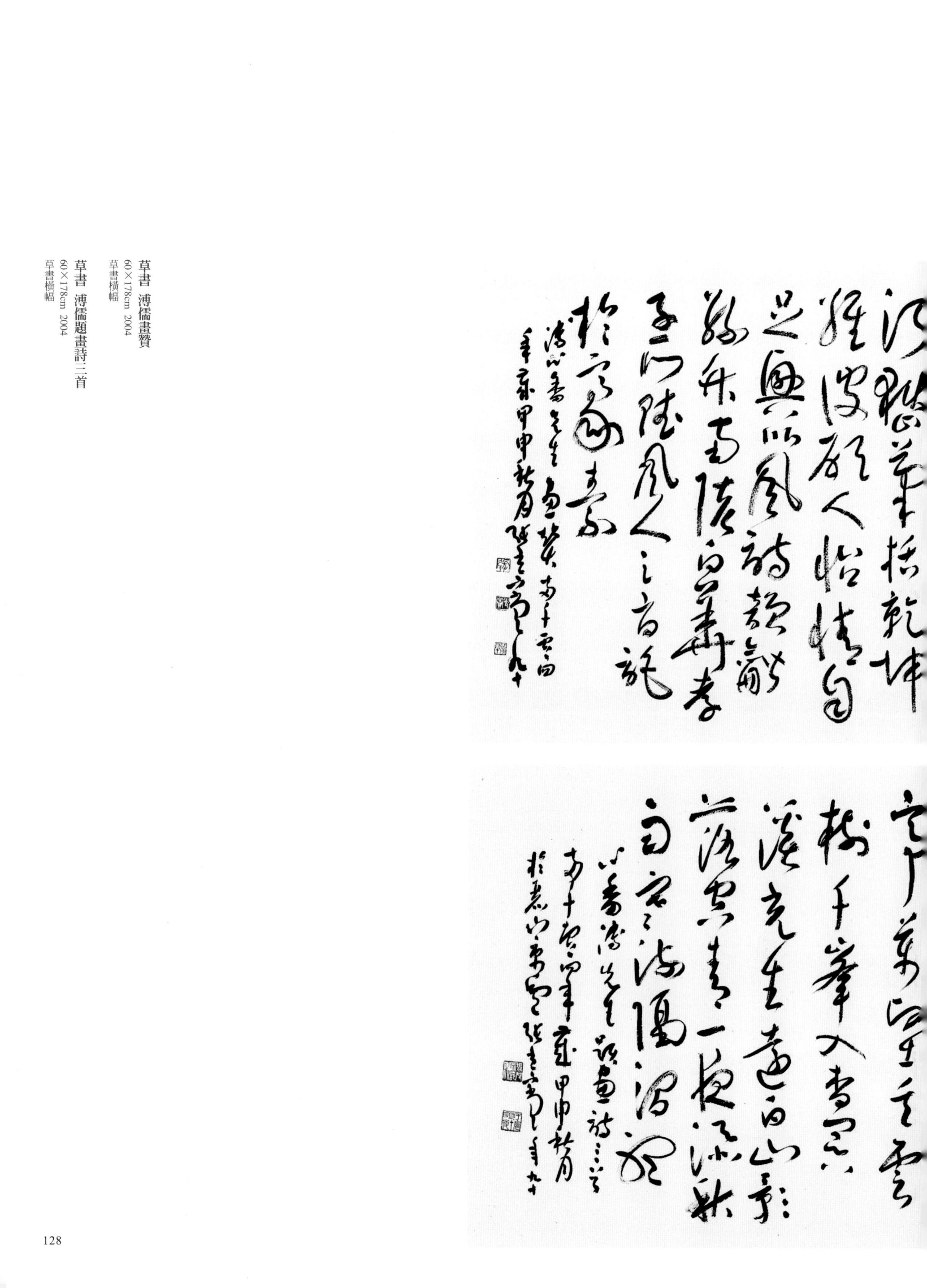

草書 溥儒畫贊
60×178cm 2004
草書橫幅

草書 溥儒題畫詩三首
60×178cm 2004
草書橫幅

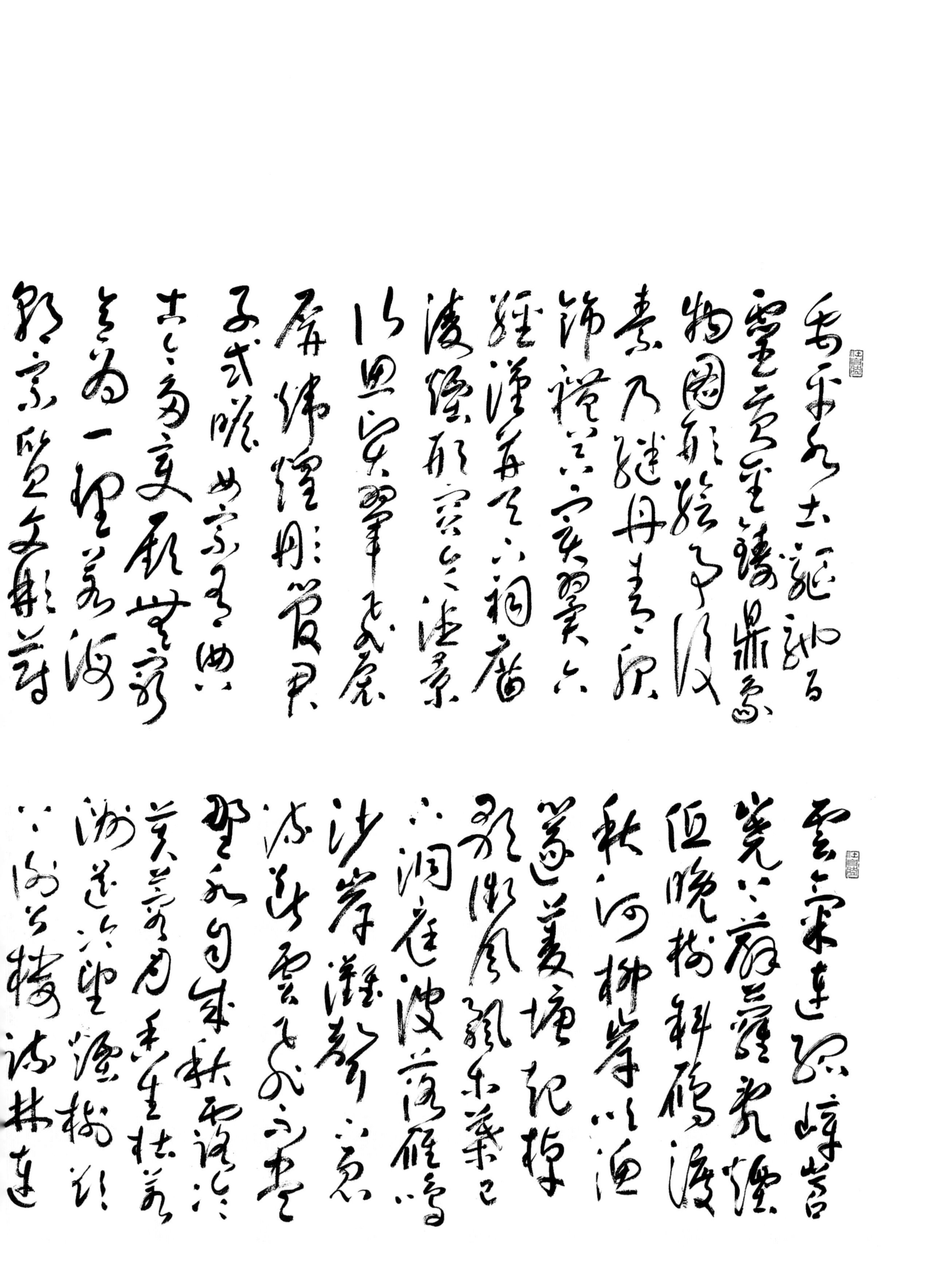

韓愈〈進學解〉

130×28cm×14 2006

草書十四條幅

國子先生，晨入太學，召諸生立館下，誨之曰：「業精於勤，荒於嬉。行成於思，毀於隨。方今聖賢相逢，治具畢張。拔去兇邪，登崇俊良。占小善者率以錄，名一藝者無不庸。爬羅剔抉，刮垢磨光。蓋有幸而獲選，孰云多而不揚？諸生業患不能精，無患有司之不明。行患不能成，無患有司之不公。」言未既。有笑於列者曰：「先生欺余哉！弟子事先生，於茲有年矣。先生口不絕吟於六藝之文，手不停披於百家之編。記事者必提其要，纂言者必鉤其玄。貪多務得，細大不捐。焚膏油以繼晷，恆兀兀以窮年：先生之於業，可謂勤矣。觝排異端，攘斥佛老。補苴罅漏，張皇幽眇。尋墜緒之茫茫，獨旁搜而遠紹。障百川而東之，迴狂瀾於既倒：先生之於儒，可謂有勞矣。沈浸醲郁，含英咀華。作爲文章，其書滿家。上規姚姒，渾渾無涯。周誥殷盤，佶屈聱牙。春秋謹嚴，左氏浮誇。易奇而法，詩正而葩。下逮莊騷，太史所錄。子雲、相如，同工異曲：先生之於文，可謂閎其中而肆其外矣！少始知學，勇於敢爲。長通於方，左右俱宜：先生之於爲人，可謂成矣。然而公不見信於人，私不見助於友。跋前躓後，動輒得咎。暫爲御史，遂竄南夷。三年博士。冗不見治。命與仇謀，取敗幾時！冬暖而兒號寒，年豐而妻啼飢。頭童齒豁，竟死何裨？不知慮此，而反教人爲！」先生曰：「吁！子來前。夫大木爲杗，細木爲桷。欂櫨侏儒，椳闑扂楔。各得其宜，施以成室者，匠氏之工也。玉札、丹砂，赤箭、青芝，牛溲，馬勃，敗鼓之皮，俱收並蓄，待用無遺者，醫師之良也。登明選公，雜進巧拙，紆餘爲妍，卓犖爲傑，校短量長，惟器是適者，宰相之方也。昔者孟軻好辯，孔道以明。轍環天下，卒老於行。荀卿守正，大論是宏。逃讒於楚，廢死蘭陵。是二儒者，吐辭爲經，舉足爲法。絕類離倫，優入聖域，其遇於世何如也？今先生學雖勤而不繇其統，言雖多而不要其中。文雖奇而不濟於用，行雖修而不顯於眾。猶且月費俸錢，歲靡廩粟。子不知耕，婦不知織。乘馬從徒，安坐而食。踵常途之促促，窺陳編以盜竊。然而聖主不加誅，宰臣不見斥，茲非其幸歟？動而得謗，名亦隨之。投閑置散，乃分之宜。若夫商財賄之有亡，計班資之崇庳。忘己量之所稱，指前人之瑕疵。是所謂詰匠氏之不以杙爲楹，而訾醫師以昌陽引年，欲進其豨苓也。」

右韓文公進學解兩千零六年歲丙戌夏月張光賓書

國子先生晨入太學招諸生立館下誨之曰業精於勤荒於嬉行成於思毀於隨方今聖賢相逢治具畢張拔去凶邪登崇俊良占小善者率以錄名一藝者無不庸爬羅剔抉刮垢磨光蓋有幸而獲選孰云多而不揚諸生業患不能精無患有司之不明行患不能成無患有司之不公言未既有笑於列者曰先生欺余哉弟子事先生於茲有年矣先生口不絕吟於六藝之文手不停披於百家之編記事者必提其要纂言者必鉤其玄貪多務得細大不捐焚膏油以繼晷恆兀兀以窮年先生之業可謂勤矣牴排異端攘斥佛老補苴罅漏張皇幽眇尋墜緒之茫茫

顏魯公〈述張長史筆法十二意〉

130×28cm ×18 2006

草書十八條幅

公乃當堂踞坐床，而命僕居乎小榻，乃曰：「書法玄微，難妄傳授。非志士高人，詎可言其要妙，書之求能，且攻眞草，今以授予，可須思妙」。乃曰：「夫平謂橫，子知之乎？」僕思以對曰：「嘗聞長史示令每爲一平畫，皆須縱橫有象。此豈非其謂乎？」長史乃笑曰：「然」。又曰：「夫直謂縱，子知之乎」？曰：「豈不謂直者必縱之不令邪曲之謂乎」？長史曰：「然」。又曰：「均謂間，子知之乎」？曰：「嘗蒙示以間不容光之謂乎」？長史曰：「然」。又曰：「密謂際，子知之乎」？曰：「豈不謂築鋒下筆，皆令完成，不令其疏之謂乎」？長史曰：「然」。又曰：「鋒謂末，子知之乎」？曰：「豈不謂末以成畫，使其鋒健之謂乎」？長史曰：「然」。又曰：「力謂骨體，子知之乎」？曰：「豈不謂趯筆則點畫皆有筋骨，字體自然雄媚之謂乎」？長史曰：「然」。又曰：「輕謂曲折，子知之乎」？曰：「豈不謂激筆轉角，折鋒輕過，亦謂轉角　暗過之謂乎」？長史曰：「然」。又曰：「決謂牽掣，子知之乎」？曰：「豈不謂牽掣　撇，銳意挫鋒，使不怯滯，令險峻而成，以謂之決乎」？長史曰：「然」。又曰：「補謂不足，子知之乎」？曰：「嘗聞於長史，豈不謂結構點畫或有失趣者，則以別點畫旁救之謂乎」？長史曰：「然」。又曰：「損謂有餘，子知之乎」？曰：「嘗蒙所授，豈不謂趣長筆短，長使意氣有餘，畫若不足之謂乎」？曰：「然」。又曰：「巧謂佈置，子知之乎」？曰：「豈不謂欲書先預想字形佈置，令其平穩，或意外生體，令有異勢，是之謂巧乎」？曰：「然」。又曰：「稱謂大小，子知之乎」？曰：「嘗聞教授，豈不謂大字促之令小，小字展之使大，兼令茂密，所以　稱乎」？長史曰：「然，子言頗皆近之矣。工若精勤，悉自當　妙筆」。眞卿前請曰：「幸蒙長史九丈傳授用筆之法，敢問攻書之妙，何如得齊於古人」？張公曰：「妙在執筆，令其圓暢，勿使拘攣。其次識法，謂口傳手授之訣，勿使無度，所謂筆法也。其次在於佈置，不慢不越，巧使合宜。其次紙筆精佳。其次變化適懷，縱舍掣奪，鹹有規矩。五者備矣，然後能齊於古人」。曰：「敢問長史神用執筆之理，可得聞乎？長史曰：「余傳授筆法，得之於老舅彥遠曰：吾昔日學書，雖功深，奈何跡不至殊妙。後問於褚河南，曰：「用筆當須如印印泥。思而不悟，後於江島，遇見沙平地靜，令人意悅欲書。乃偶以利鋒畫而書之，其勁險之狀，明利媚好。自茲乃悟用筆如錐畫沙，使其藏鋒，畫乃沈著。當其用筆，常欲使其透過紙背，此功成之極矣。眞草用筆，悉如畫沙，點畫淨媚，則其道至矣。如此則其跡可久，自然齊於古人。但思此理，以專想功用，故其點畫不得妄動。子其書紳」！余遂銘謝，逡巡再拜而退。自此得攻書之妙。於茲五年，眞草自知可成矣。

顏魯公述張長史筆法十二意，元康里子山有草書此文傳世，而子山所錄，似孫虔禮書譜一段，不見於書法論著，因略去未知孰是？兩千零六年歲丙戌春月張光賓並記

先一字意積由未蒙長史九丈傳授用筆之
法所以攻書之妙何如得齊於古人張公曰妙
在執筆令其圓暢勿使拘攣其次識法謂
口傳手授之訣勿使無度所謂筆法也其次
在於布置不慢不越巧使合宜其次紙筆
精佳其次變化適懷縱舍掣奪咸有規矩
五者備矣然後能齊於古人曰敢問長史神
用執筆之理可得聞乎長史曰予傳授筆法
得之於老舅彥遠曰吾昔日學書雖功深迹不至
殊妙後問於褚河南曰用筆當須如印印泥
思而不悟後於江島遇見沙平地靜令人意
悅欲書乃偶以利鋒畫而書之其勁險之狀
明利媚好自茲乃悟用筆如錐畫沙使
其藏鋒畫乃沉著當其用筆常欲使其透
過紙背此成功之極矣真草用筆悉如畫

猶方披而畫始得其門而東之國粹探於先劖
先生之於傳而得其勢者沈鬱頓挫矣嗟善以為
文章至于漢家之璀璨燦爛莫准闡述故繼往聲
平素秋年嚴左氏遷誥而古之為法詩之為範以求
左騷也史公之論孟子云知人論世矣然先生之於文
而得宏至中而好其知之也少然知學焉精聰為長通
於方左右思宜先生之於為人而得其誠者然而不見
信於人知不見知於友論家謂後勤雅而樂之騷之為
漁史然寓而中年之三年博士見不見況之命之仇讎耶
改革時冬暖而光霽之年遠而真以南溪
寂寞堂高影哀死以禪不知而出此及散人為先生
己丑子年春大千為宗田夫為弟蕭孟朱寫

極其真居撰名得與宜稱以筆寫者近代之工
也若孔丹砂者紛芬書之若牛波書勤段穀之度
得收無善術用其道寫法之所以整明道公錄
筆跡秩舒緩為妍卓犖為傑稜經畫長三三
是意者字權之方也前者書稱好羅視以明機
為之參差於行道可書心大法是以逸讓於無疵死
蒙陵是二僧者以其為雅可采之為法範數雜於
便入堂域至書於世以如如也先生學隨勤而當
至號之隨分而不為而至本文隨其而不滯於用隨
循而不顧於家猶近月其倫獄競鹿鹿柔子不
知耕嫗不知織無不可隨之法安其為之謹守道之作之
而況其倫以是謂我而一言之而加未而筆志如是一半

[illegible]

隸體已上之得[illegible]為[illegible]之得字史史以外

又以決得者章章字知之字以草不得章章為

學決言柱隸文言不[illegible]之[illegible]以得

之決字以[illegible]文以得不之[illegible]知之字以[illegible]史

[illegible]不得[illegible][illegible]點畫[illegible]之[illegible]以[illegible]

教之得字史文以[illegible]文以[illegible]得[illegible]知之字

以[illegible]按其不得[illegible]史[illegible]文之[illegible]

[illegible]之得字以[illegible]文以[illegible]為[illegible]字知

之字以其不得[illegible]先[illegible]字[illegible]

以之[illegible]之[illegible]

得之[illegible]字以[illegible]文以[illegible]為[illegible]小字知之字以

[illegible]按其不得大字[illegible]之小之字[illegible]之

[illegible]大篆之[illegible][illegible]史[illegible]字之之

[illegible]近之[illegible]工[illegible]精勤[illegible]為[illegible]

公乃當堂踞床而命僕曰筆法
玄微難妄傳授非志士高人詎可與言
要妙書之求能且攻真草今以授子可
須思妙乃曰夫平謂橫子知之乎僕
思以對曰嘗聞長史九丈令每為一平畫皆須
縱橫有象此豈非其謂乎長史乃笑曰然
又曰夫直謂縱子知之乎曰豈不謂直者
必縱之不令邪曲之謂乎長史曰然又曰均
謂間子知之乎嘗蒙示以間不容光之謂
乎長史曰然又曰密謂際子知之乎曰豈不謂
築鋒下筆皆令宛成不令其疏之謂乎長史
曰然又曰鋒謂末子知之乎曰豈不謂末以成畫
使其鋒健之謂乎長史曰然又曰力謂骨體
子知之乎曰豈不謂趯筆則點畫皆有筋

軍之書
代多稱習良
可據為宗匠取立
指歸豈惟會古通

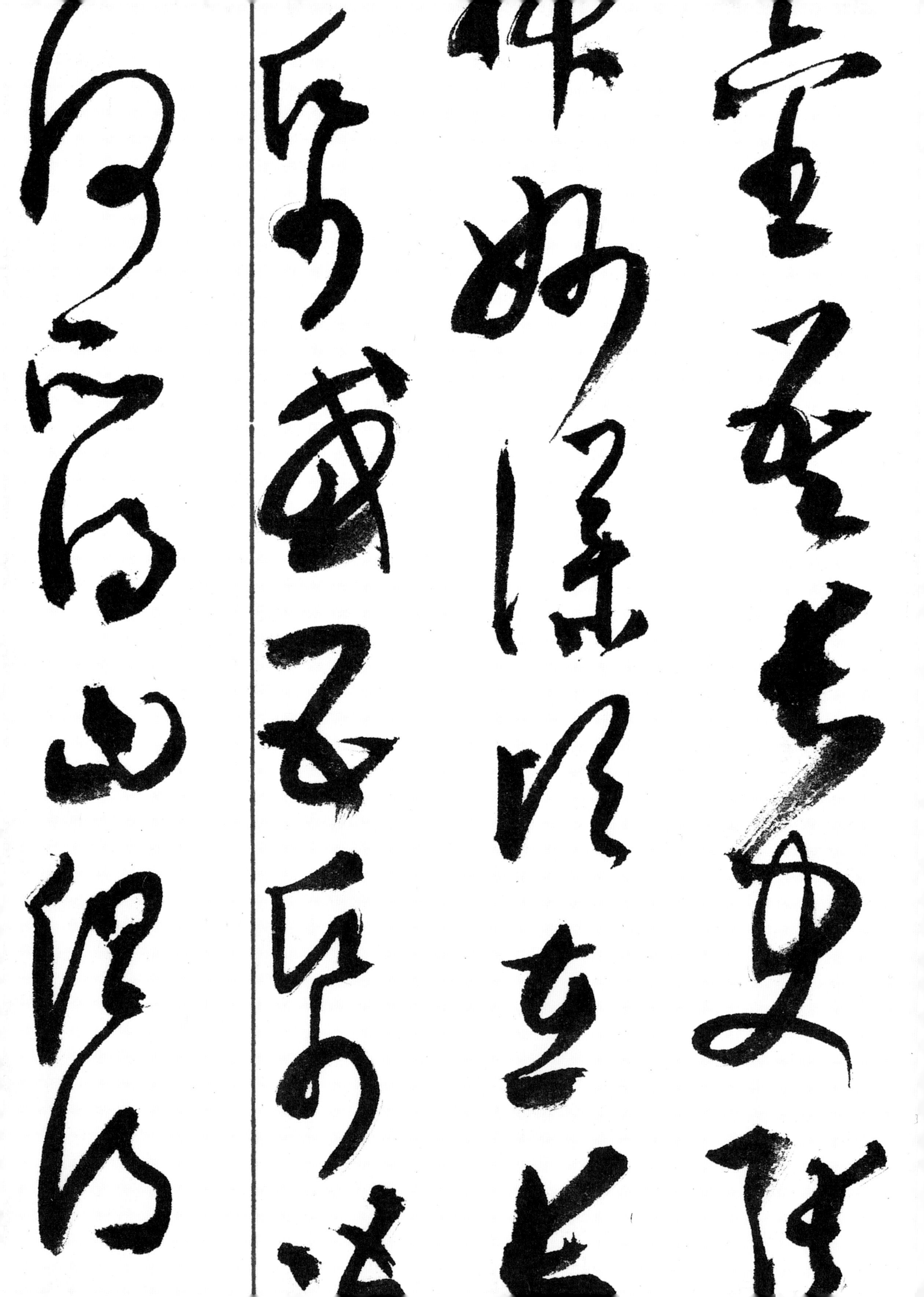

陸游〈煙波即事〉十絕

之一、二

130×28cm×10 2006

草書十條幅

短髮垂肩不裹巾，世人誰識此翁眞，阻風江浦詩成束，賣藥山成醉過春。
煙波深處臥孤篷，宿酒醒時聞斷鴻，最是平生會心事，蘆花千頃月明中。
家浮野舵無常處，身是閒人不屬官，但有濁醪吾事足，浮名不作一錢看。
落雁沙邊艇子斜，分明清夢上三巴，眼明一點炊煙起，不是漁家即酒家。
雕胡炊飯芰荷衣，水退浮萍尙半扉，莫爲風波羨平地，人間處處是危機。
夢筆橋邊聽午鐘，無窮煙水似吳松，前年送客曾來此，惟有山僧認得儂。
浪跡人間數十年，年年散髮醉江天，岳陽樓上留三日，聊與瀟湘結後緣。
煙水蒼茫絕四鄰，幽棲無地著纖塵，蕭條雞犬楓林下，似是無懷太古民。
歸老何須乞鏡湖，秋來日日抱蓴鱸，正令霖雨稱賢佐，未及煙波號釣徒。
父子團欒到死時，漁家可樂更何疑，高丈大策人皆有，且聽煙波十絕時。

終愛垂綸不受巾世人誰識漁樵

翁其但風江浦認東萊

策為坐鉤破浪去

戴翁煙波老子十詠之二

為戎春日張書 時年九十又二

煙波深處又收綸箇裡一回漁醒時

中與鷗鷺家長在生涯只一蓑

故手提向明年

戴翁煙波老子十詠之二

為戎春日張書 時年九十又二

陸游〈煙波即事〉十絕
之三、四、五、六、七

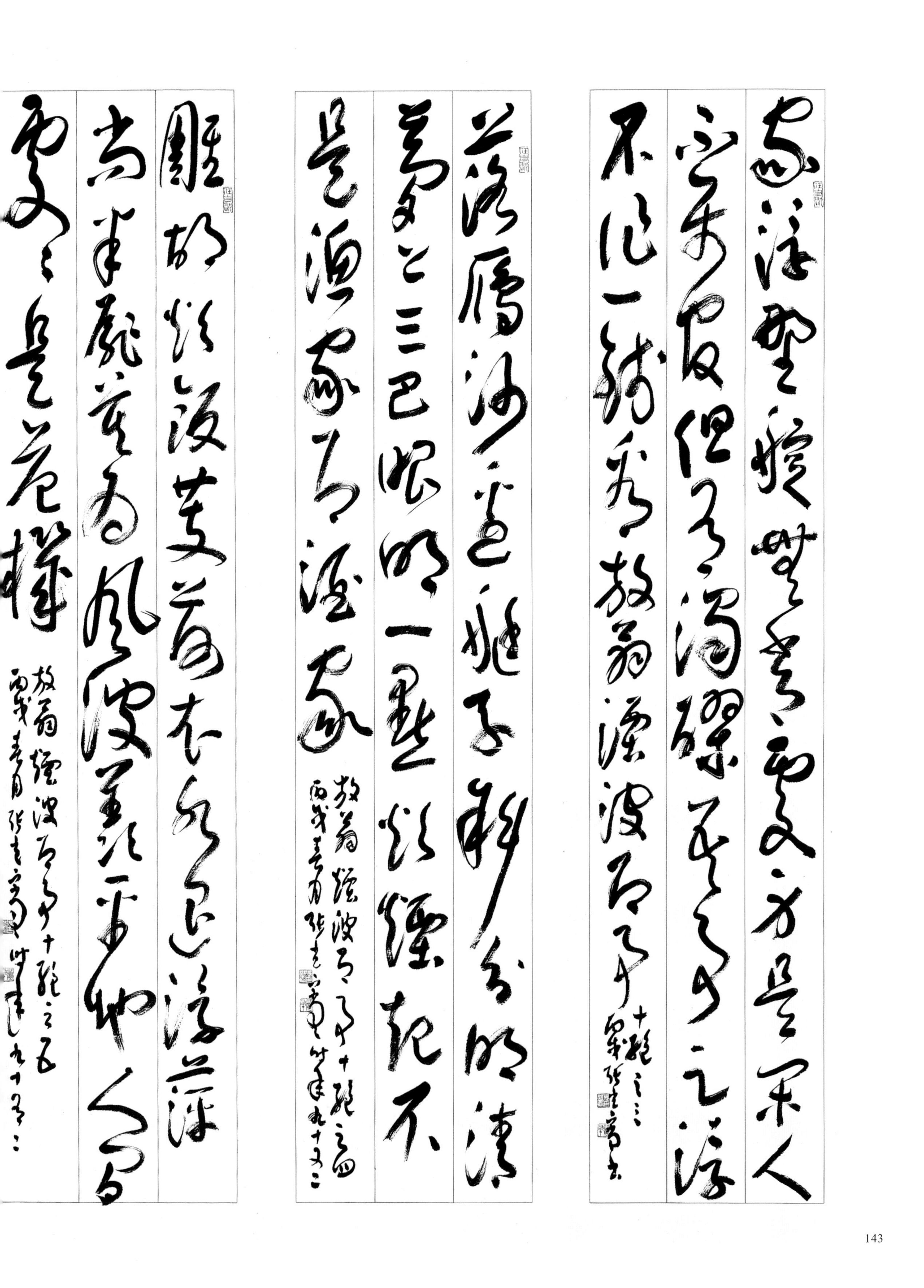

陸游〈煙波即事〉十絕
之八、九、十

煙水蒼茫眺四鄰遠樓芸地
美雞蔬首條鶯大楓森似
是世懂古木民

敖翁濠波石下十絕之八
歲次癸巳春月張之炎九十又二

鷗老何須說鏡湖秋月色
篙鰱正上舞雲躍是佳秋夜
濠波跳韻流

敖翁濠波石下十絕之九
歲次癸巳春月張之炎九十又二

父子園觀樂飛時遊客可樂又
何發文高文大筆人生且濠波
十絕詩敖翁濠波石下

十絕之十
歲次癸巳春月張之炎書

陶潛〈歸去來辭並序〉

128×31cm×10 2006

草書十條幅

歸去來辭並序。余家貧，耕植不足以自給。幼稚盈室，缾無儲粟，生生所資，未見其術。親故多勸余爲長吏，脫然有懷，求之靡途。會有四方之事，諸侯以惠愛爲德；家叔以余貧苦，遂見用於小邑。於時風波未靜，心憚遠役。彭澤去家百里，公田之利，足以爲酒，故便求之。及少日，眷然有歸與之情。何則？質性自然，非矯厲所得；饑凍雖切，違己交病。嘗從人事，皆口腹自役。於是悵然慷慨，深媿平生之志。猶望一稔，當斂裳宵逝。尋程氏妹喪於武昌，情在駿奔，自免去職。仲秋至冬，在官八十餘日。因事順心命篇，曰歸去來兮。乙巳歲十一月也。

歸去來兮，田園將蕪胡不歸！既自以心爲形役，奚惆悵而獨悲。悟已往之不諫，知來者之可追。實迷途其未遠，覺今是而昨非。舟遙遙以輕颺，風飄飄而吹衣。問征夫以前路，恨晨光之熹微。乃瞻衡宇，載欣載奔。僮僕歡迎，稚子候門。三徑就荒，松菊猶存。攜幼入室，有酒盈樽。引壺觴以自酌，眄庭柯以怡顏。倚南窗以寄傲，審容膝之易安。園日涉以成趣，門雖設而常關。策扶老以流憩，時矯首而遐觀。雲無心以出岫，鳥倦飛而知還。景翳翳以將入，撫孤松而盤桓。歸去來兮，請息交以絕遊。世與我而相違，復駕言兮焉求！悅親戚之情話，樂琴會以消憂。農人告余以春及，將有事於西疇。或命巾車，或棹孤舟。既窈窕以尋壑，亦崎嶇而經丘。木欣欣以向榮，泉涓涓而始流。善萬物之得時，感吾生之行休。已矣乎，寓形宇內復幾時，曷不委心任去留，胡爲乎遑遑欲何之？富貴非吾願，帝鄉不可期。懷良辰以孤往，或植杖而耘耔。登東皐以舒嘯，臨清流而賦詩。聊乘化以歸盡，樂夫天命復奚疑！

丙戌夏月張光賓書

歸去來辭并序

余家貧耕植不足以自給幼稚盈室缾無儲
粟生生所資未見其術親故多勸余為長吏脫
然有懷求之靡途會有四方之事諸侯以惠
愛為德家叔以余貧苦遂見用於小邑於時風
波未靜心憚遠役彭澤去家百里公田之利足以為
酒故便求之及少日眷然有歸歟之情何則質性自
然非矯厲所得飢凍雖切違己交病嘗從人事皆口
腹自役於是悵然慷慨深愧平生之志猶望一稔
當斂裳宵逝尋程氏妹喪于武昌情在駿奔自免

在山，人影散亂，太守歸而賓客從也。樹林陰翳，鳴聲上下，遊人去而禽鳥樂也。然而禽鳥知山林之樂，而不知人之樂；人知從太守遊而樂，而不知太守之樂其樂也。醉能同其樂，醒能述以文者，太守也。太守謂誰？廬陵歐陽修也。

民國九十五年歲丙戌夏月 張光賓寫 時年九十二

發而幽香佳木秀而繁陰風霜高潔水落
而石出者山間之四時也朝而往暮而歸四時之景
不同而樂亦無窮也至於負者歌於塗行者休
於樹前者呼後者應傴僂提攜往來而不
絕者滁人遊也臨溪而漁溪深而魚肥釀泉為酒
泉香而酒洌山肴野蔌雜然而前陳者太守
宴也宴酣之樂非絲非竹射者中弈者勝
觥籌交錯起坐而諠譁者眾賓懽也蒼
顏白髮頹然乎其中者太守醉也已而夕陽

當斂裳宵逝尋程氏妹喪于武昌情在駿奔
自免去職仲秋至冬在官八十餘日因事順心命
篇曰歸去來兮乙巳歲十一月也
歸去來兮田園將蕪胡不歸既自以心為形役
奚惆悵而獨悲悟已往之不諫知來者之可追
實迷途其未遠覺今是而昨非舟遙遙以輕颺風飄飄
而吹衣問征夫以前路恨晨光之熹微乃瞻衡宇
載欣載奔僮僕歡迎稚子候門三徑就荒松菊猶
存攜幼入室有酒盈樽引壺觴以自酌眄庭柯
以怡顏倚南窗以寄傲審容膝之易安園日涉
以成趣門雖設而常關策扶老以流憩時矯首

[illegible]

觀雲無心以出岫鳥倦飛而知還景翳翳以將入撫孤

松而無植物者莫不情且受以能推其與物為和者

以盤旋流連親感之情溢於言表以清其人

豈不以其人與物及物於物中本我我本物外

況窮窘以悲苦悉憂而悲痛至木欣欣以向榮泉涓涓

而始流善萬物之得時感吾生之行休已矣乎寓形宇

內復幾時曷不委心任去留胡為遑遑欲何之富貴

非吾願帝鄉不可期懷良辰以孤往或植杖而

耘耔登東皋以舒嘯臨清流而賦詩聊乘化以歸

盡樂夫天命復奚疑陶靖節言陶去來辭

丙戌五月 張[illegible]書

環滁皆山也其西南諸峰林壑尤美望之蔚然
而深秀者琅琊也山行六七里漸聞水聲潺潺
而瀉出于兩峰之間者釀泉也峰回路轉有
亭翼然臨于泉上者醉翁亭也作亭者誰山
之僧智僊也名之者誰太守自謂也太守與客
來飲于此飲少輒醉而年又最高故自號曰醉翁
也醉翁之意不在酒在乎山水之間也山水之
樂得之心而寓之酒也若夫日出而林霏開雲
歸而巖穴暝晦明變化者山間之朝暮也野芳

歐陽修〈醉翁亭記〉

128×31cm×8 2006

草書八條幅

環滁皆山也。其西南諸峰，林壑尤美。望之蔚然而深秀者，瑯琊也。山行六七里，漸聞水聲潺潺，而瀉出於兩峰之間者，釀泉也。峰回路轉，有亭翼然臨於泉上者，醉翁亭也。作亭者誰？山之僧智僊也。名之者誰？太守自謂也。太守與客來飲於此，飲少輒醉，而年又最高，故自號曰醉翁也。醉翁之意不在酒，在乎山水之間也。山水之樂，得之心而寓之酒也。若夫日出而林霏開，雲歸而巖穴暝，晦明變化者，山間之朝暮也。野芳發而幽香，佳木秀而繁陰，風霜高潔，水落而石出者，山間之四時也。朝而往，暮而歸，四時之景不同，而樂亦無窮也。至於負者歌於途，行者休於樹，前者呼，後者應，傴僂提攜，往來而不絕者，滁人遊也。臨谿而漁，谿深而魚肥；釀泉爲酒，泉香而酒冽；山肴野蔌，雜然而前陳者，太守宴也。宴酣之樂，非絲非竹，射者中，弈者勝，觥籌交錯，起坐而諠譁者，眾賓歡也。蒼顏白髮，頹然乎其間者，太守醉也。已而夕陽在山，人影散亂，太守歸而賓客從也。樹林陰翳，鳴聲上下，遊人去而禽鳥樂也。然而禽鳥知山林之樂，而不知人之樂；人知從太守遊而樂，而不知太守之樂其樂也。醉能同其樂，醒能述其文者，太守也。太守謂誰？廬陵歐陽修也。

兩千零六年歲丙戌夏月張光賓時年九十又二

宴酣之樂射者中弈者勝
觥籌交錯坐起而諠譁
者白髮頹然乎其間太
在山人影散亂太守歸
陰翳鳴聲上下遊人去
鳥知山林之樂而不知人之樂

發而幽香佳木秀而繁陰
而石出者山間之四時也朝而
不同而樂亦無窮也至於負
於樹前者呼後者應傴
絕者滁人遊也臨溪而漁
溪深而魚肥釀泉為酒泉香

小樓一夜聽春雨

深巷明朝賣杏花

集陸游〈小樓・深巷〉聯

108×21.5cm×2 2006

隸書對聯

世味年來薄似沙，誰令騎馬客京華？小樓一夜聽春雨，深巷明朝賣杏花。
矮紙斜聽閑作草，晴窗細乳戲分茶。素衣莫起風塵歎，猶及清明可到家。
陸放翁〈臨安春雨初霽〉丙戌春月張光賓時年九十有二

集陸游〈華如・石不〉聯

108×21.5cm×2 2006

篆書對聯

自許山翁懶是眞，紛紛外物豈關身。花如解笑還多事，石不能言最可人。
淨掃明窗憑素幾，閑穿密竹岸烏巾。殘年自有青天管，便是無錐也未貧。
丙戌春月張光賓時年九十有二

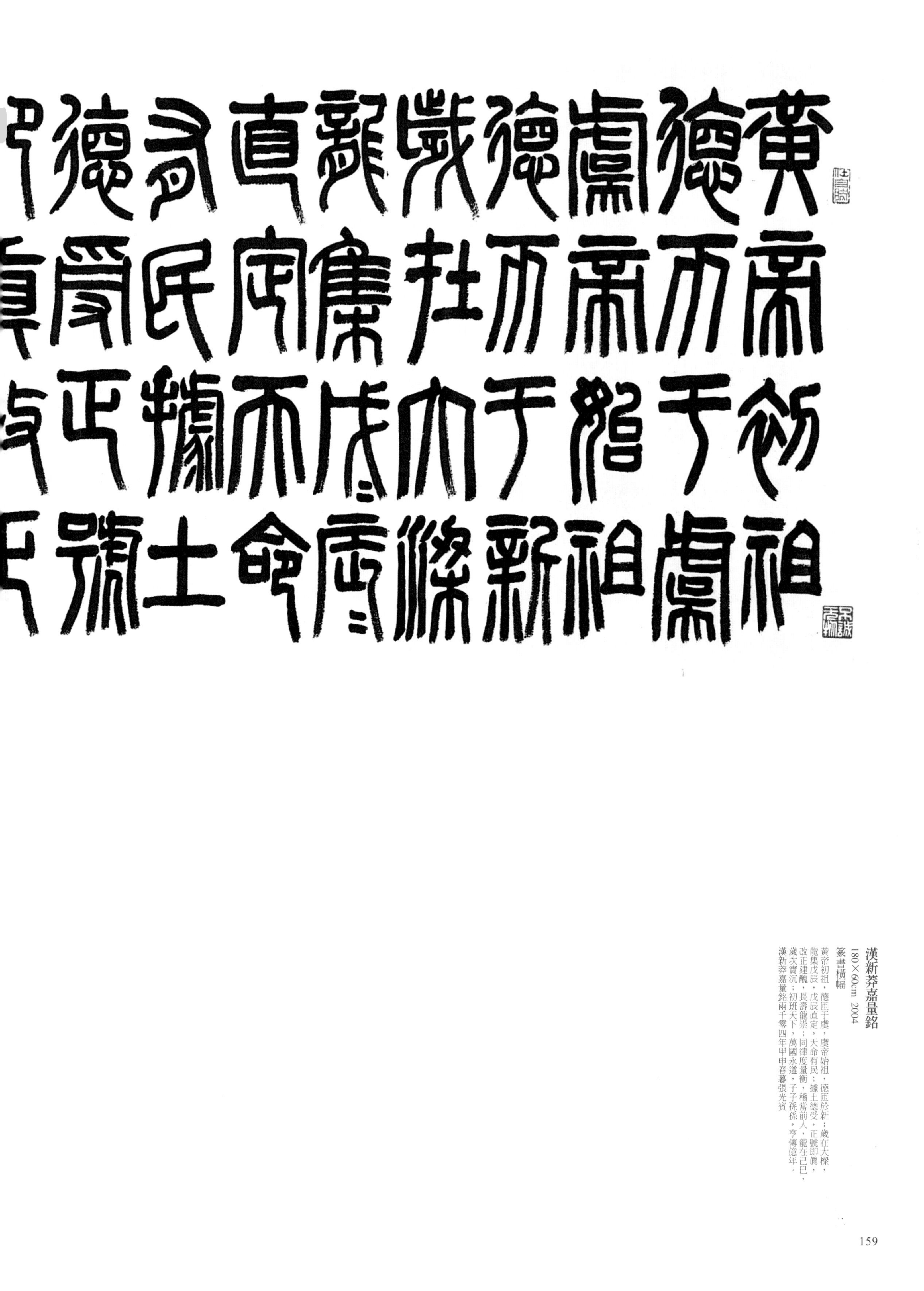

漢新莽嘉量銘

180×60cm 2004

篆書橫幅

黃帝初祖，德匝于虞，虞帝始祖，德匝於新；歲在大樑，龍集戊辰，戊辰直定，天命有民；據土德受，正號即眞，改正建醜，長壽龍崇；同律度量衡，稽當前人，龍在己巳，歲次實沉；初班天下，萬國永遵，子子孫孫，亨傳億年。漢新莽嘉量銘兩千零四年甲申春暮張光賓

集陸游〈太平・造物〉聯

110×22cm×2 2006

隸書對聯

老子何曾慣市塵，今朝也復入城闉。太平有象人人醉，造物無私處處春。
九陌鶯花娛病眼，一竿風月屬閑身。不緣興盡回橈早，要就湖波照角巾。
陸放翁〈入城至郡圃及諸家園亭遊人甚盛〉丙戌九二叟張光賓

太平有象人人醉

造物無私家家春

散氏盤

144×150cm 2009

篆書方幅

兩千零九年歲己丑冬孟

於麗山寓廬九五頑鄙張光賓

用夨撲散邑迺即散用田眉自瀗涉以南至于大
沽一封以陟二封至于邊柳復涉瀗陟雩𠭯𩫏𨺲
以西封于𢊃城楮木封于芻逨封于芻衜內陟芻
登于厂湶封割柝𨺲陵剛柝封于嘼衜封于原衜
封于周衜以東封于韓東疆右還封于眉衜以南
封于𦗹逨衜以西至于𤱶莫眉井邑田自桹木衜
左至于井邑封道以東一封還以西一封陟剛三
封降以南封于同衜陟州剛登柝降棫二封夨人
有司眉田鮮且微武父西宮襄豆人虞丂錄貞師
氏右眚小門人繇原人虞艿淮司工虎孝䦅豐父
𨺲人有司刑丂凡十又五夫正眉夨舍散田司土
屰寅司馬單𡘋邦人司工黥君宰德父散人小子眉
田戎微父效果父襄之有司槖州就焂從鬲凡散

張光賓教授 年表

1915．農曆乙卯年十月二十八日（即國曆十二月四日）生於四川省達縣香爐山。字序賢，號于賓。
1945．六月，國立藝專三年制國畫科畢業（原北平、杭州藝專，戰時合併改稱）。
．在學時曾受業於黃君璧、傅抱石、潘天壽、豐子愷、李可染、高鴻縉諸名家，得傅抱石、李可染薰陶較著。
1946．一月，隨三民主義青年團赴東北，參加戰後復員青年組訓工作。
1947．秋，個展於遼北省四平街。
．主編大衆日報美術週刊版；及《十四年》月刊。
1948．七月來臺。
1551．春，個展於高雄市左營（四海一家）。
1966．五月，個展於臺北市國軍文藝活動中心。
1967．十月，獲臺灣省第二十二屆全省美展書法部第一名。
1968．七月，以國防部諮議退伍。任職國立故宮博物院編輯。
1971．自第六屆全國美展開始免審查邀請參展，至今未曾間斷（繪畫部）。
1975．十月，編著《元四大家》，臺北：故宮博物院出版。
1978．八月，作品被選刊《中國當代名家畫集》，臺北：成文出版社出版。
1979．五月，著《元朝書畫史研究論集》，臺北：故宮博物院出版。此書係彙集1975年以來，在故宮季刊等學術刊物所發表論文，共九篇。其中討論元黃公望〈富春山居〉圖真偽問題四篇最為重要。
．獲第十六屆中華民國國畫學會繪畫理論金爵獎。
．參加「三人行藝集」書畫聯展於省立博物館。
1980．一月，發表〈元玄儒句曲外史貞居先生張雨年表〉於《美術學報》（畫學會）。
．三月，編著《元畫精華》，臺北：故宮博物院出版。
．春，發表〈從王右軍書樂毅論傳衍辨宋人摹褚冊〉於故宮季刊。
．自第九屆全國美展開始受邀任籌備委員及評審委員至今。
1981．三月，獲邀出席「克利夫蘭中國書畫討論會」於美國克利夫蘭美術館。會後順道訪問華盛頓佛利爾、紐約大都會、普林斯頓、波士頓、哈佛以及加州大學等美術博物館參觀中國古書畫。
．十月，編著《中國花竹畫》，臺北：光復書局出版。
．參加「三人行藝集」書畫聯展於省立博物館。
．十二月，著《中華書法史》，臺北：商務印書館出版。
1982．受聘任教國立藝術學院（現名國立臺北藝術大學）美術學系，教授書法研究等課程。
1984．春，發表〈惲向的山水畫──兼析傳黃溍本富春圖與惲向山水畫的關係〉於故宮學術季刊。
．一月，獲邀出席「中國書法國際學術研討會」於臺北，並發表〈試論遞傳元代之顏書墨跡及其影響〉一文。
．三月，受邀「一○○國畫西畫名家聯展」於臺南市立文化中心。
．四月，受邀「國內藝術家聯展」於臺北市立美術館。
．七月，受邀「大專美術科系教授聯展」於臺北市立美術館。
．冬，當選第七屆中國美術協會理事。
1985．二月，受邀「國際水墨畫特展」於臺北市立美術館，並撰〈水墨畫的界定〉一文。
．秋，發表〈得意忘形談中國畫的美〉於故宮學術季刊。
．十二月，受邀「全省美展四十年回顧展」於省立博物館。
1986．一月，發表〈俞和書樂毅論與趙孟頫書汲黯傳〉於國立歷史博物館館刊。
．十月，受邀「紀念先總統蔣公百年誕辰美展」於臺北，新生報、麥氏新東陽文教基金會主辦。
．受邀「百人書畫聯展」於臺北市新生畫廊。
．十一月，受邀「畫家畫臺北──印象臺北展」於臺北市立美術館。
1987．春，發表〈元代山西兩李學士生平及書畫〉於故宮學術季刊。
．一月，著《書法藝術》，臺北：行政院文建會出版。
．三月，參加「三人行藝集聯展」於省立博物館。
．十一月，發表〈元吳太素松齋梅譜及相關問題的探討〉於蔣慰堂先生九秩榮慶論文集。
．冬，自國立故宮博物院書畫處研究員退休。

1988 · 二月，受邀書畫個展於國立歷史博物館國家畫廊，並獲頒榮譽金章。
· 三月，受邀「韓、中、日國際展」於韓國（漢城奧運）。
· 六月，受邀「中華民國美術發展展覽」於臺灣省立美術館。
· 八月，個展於高雄名人畫廊。
· 十月，作品被選刊於《中國當代書畫選》，香港：漢榮書局出版。
· 獲邀參加「中華民國當代美展」，巡迴中南美洲展出。
1990 · 五月，受邀「臺灣美術三百年作品展」於省立美術館。
1991 · 四月，獲頒第十四屆中興文藝獎書法類獎章。
· 七月，出席慶祝中華民國建國八十年「中國古藝術文物討論會」於故宮博物院，並發表〈元玄儒張雨生平及書法〉於討論會論文集。
· 九月，發表〈元張雨自書詩草〉於《故宮文物》月刊。
· 十一月，著《最美麗的文字》，臺北：故宮博物院出版。
1992 · 一月，著《張光賓書作集》，臺北：書法與藝術社出版。
· 十月，發表〈宣和書畫二譜宋刻質疑〉於《故宮文物》月刊。
1993 · 十二月，受邀舉辦「張光賓先生癸酉年書畫展」於臺北玄門藝術中心，並由該中心出版書畫集。
1995 · 四月，上海商業儲蓄銀行創立八十周年，舉辦「八十之美——資深藝術家聯展」，應邀參展。
1997 · 四月，臺灣省立美術館邀請個展，並印行《張光賓丁丑年書畫展作品集》。
· 十二月，中國美術協會頒贈當代美術家創作成就與書法家獎座（銅雕）。
1998 · 十二月，賀國立臺灣文學館、國立文化資產保存研究中心籌備處南遷對聯，經該處同仁表決通過納入典藏。
1999 · 十二月，獲國立文化資產保存研究中心籌備處購藏山水畫乙幅。
2000 · 八月，應邀書將軍鄉人洪碧山詩，刊登《將軍鄉人拾穗》，臺南：財團法人西甲文化傳習基金會出版。
2001 · 十二月，獲中華民國資深青商總會頒贈第九屆全球中華文化藝術薪傳獎「中華書藝獎」。
2002 · 五月，韓國世界足球賽期間，應邀「東亞細亞筆墨精神展——草神」聯展。
· 九月，中國書法學會四十周年慶，頒贈書法功勞獎獎章一座。
· 十月，應邀出席「臺灣二〇〇二年東亞繪畫史研討會」。
2003 · 三月，應邀參加長流美術館「時間的刻度——臺灣美術戰後五十年展」。
· 九十歲生日，應邀於臺南縣將軍鄉文史廳舉辦「張光賓書畫義賣展」，義賣所得捐助財團法人滬汪人薪傳文化基金會興建「鹽分地帶文化館」。並出版《詠北門區詩等——張光賓癸未年書畫集》。
· 十二月二十日應中華民國書法教育學會之邀，於師大畫廊舉辦「張光賓九十書畫展」，並由意研堂設計出版，蕙風堂發行《張光賓書畫集》。
2004 · 九月十七日應國立歷史博物館之邀，於國家畫廊舉辦「筆花墨雨——張光賓教授九十回顧展」，並出版作品集。
2005 · 受邀「張光賓鄭善禧書畫聯展」於福華沙龍展出，並出版作品集。晚期個人獨特繪畫風格「焦墨排點皴」形成。
2007 · 受邀「天書」現代畫展於臺北一票人票畫空間。
· 捐贈「白湛淵西湖賦」八尺三十二條屏，並「支離叟圖」予母校中國美術學院。
· 三月，出版《隸書白湛淵西湖賦》由蕙風堂發行。
· 十二月，國立歷史博物館出版前輩書畫家口述歷史叢書 9：《張光賓——筆華墨雨》。
2008 · 十月，出版《草書唐詩三百首》由蕙風堂發行。
· 十一月，出版文集《讀書說畫——臺北故宮行走二十年》由蕙風堂發行。
· 十一月，應邀於鹽分地帶文化館舉辦「張光賓書畫近作義展」。
· 受邀國立臺北藝術大學關渡美術館個展「任其自然——張光賓教授95歲草書唐詩暨焦墨山水展」，並捐贈《草書唐詩三百首》三百一十件及山水軸四卷，交關渡美術館典藏。
2009 · 九月，出版《臺灣名家美術100年——張光賓》由香柏樹文化發行。
2010 · 獲頒第29屆行政院文化獎。
· 受邀於國父紀念館個展「向晚逸興書畫情——張光賓教授九十歲後書畫展」。

國家圖書館出版品預行編目資料

向晚逸興書畫情：張光賓九十歲後書畫展作品集 — Growing Old Delightfully with Painting and Calligraphy:Selected Works by Chang Kuang-Bin after Age 90 / 張光賓著. ——初版. —— 臺北市：國父紀念館, 2010.01
面； 公分

ISBN 978-986-02-2497-9 (精裝)

1. 書畫 2. 作品集

941.5 99002032

向晚逸興書畫情

張光賓九十歲後書畫展

Growing Old Delightfully with Painting and Calligraphy
Selected Works
by Chang Kuang-Bin after Age 90

著 作 者：張光賓
發 行 人：鄭乃文
出 版 者：國立國父紀念館
出 版 者：臺北市仁愛路四段505號
出 版 者：TEL:886-2-27588008
出 版 者：http://www.yatsen.gov.tw
出版日期：2010年元月初版一刷
定 價：精裝本/新臺幣1500元

編輯顧問：趙宇脩 杜三鑫
責任編輯：黃靜梅
行政策展：洪致美
美術設計：康志嘉
美術編輯：蔡宜芳 鄭聿君

製版印刷：茂浤股份有限公司
人物攝影：曾敏雄
圖錄攝影：林文正

展 售 處：
五南文化廣場臺中總店（展售門市）
40042臺中市中山路6號
TEL:886-4-22260330

國家書店
10485臺北市松江路209號1樓
TEL:886-2-25180207

ISBN：978-986-02-24979
G P N：1009900663